PASCALE GINGRAS

Le Chant des libellules

D1481392

Québec Amérique

TITAN

Collection dirigée par
Stéphanie Durand

Le Chant des libellules

Catalogage avant publication de Bibliothèque et Archives nationales du Québec et Bibliothèque et Archives Canada

Gingras, Pascale
Le chant des libellules
(Titan ; 103)
Pour les jeunes.
ISBN 978-2-7644-2501-5 (Version imprimée)
ISBN 978-2-7644-2629-6 (PDF)
ISBN 978-2-7644-2630-2 (ePub)
I. Titre. II. Collection : Titan jeunesse ; 103.
PS8613.I53C42 2013   jC843'.6   C2013-940941-6
PS9613.I53C42 2013

Conseil des Arts   Canada Council   SODEC
du Canada   for the Arts   Québec

Nous reconnaissons l'aide financière du gouvernement du Canada par l'entremise du Fonds du livre du Canada pour nos activités d'édition.

Gouvernement du Québec – Programme de crédit d'impôt pour l'édition de livres – Gestion SODEC.

Les Éditions Québec Amérique bénéficient du programme de subvention globale du Conseil des Arts du Canada. Elles tiennent également à remercier la SODEC pour son appui financier.

Québec Amérique
329, rue de la Commune Ouest, 3ᵉ étage
Montréal (Québec) Canada H2Y 2E1
Téléphone : 514 499-3000, télécopieur : 514 499-3010

Dépôt légal : 3ᵉ trimestre 2013
Bibliothèque nationale du Québec
Bibliothèque nationale du Canada

Projet dirigé par Stéphanie Durand
Mise en pages : Andréa Joseph [pagexpress@videotron.ca]
Révision linguistique : Eve Patenaude et Chantale Landry
Conception graphique : Julie Villemaire
En couverture : Photomontage réalisé à partir d'une photographie de
   © iravgustin / shutterstock.com

Imprimé au Canada

*Le monde est plein de choses évidentes
que personne ne remarque jamais.*

Sir Arthur Conan Doyle

Pour Guillaume,
dont le courage m'a inspirée

PROLOGUE

Quel supplice ! Écrabouillés dans les sandales à talons qu'elle n'endure qu'en de rares événements, les orteils de Florence deviennent de plus en plus boursouflés à chaque minute. La douleur menace de les faire exploser. Même chose pour sa tête... Les pensées s'y entrechoquent à qui mieux mieux. Le regard errant sur les vitraux de l'église, la jeune fille essaie de mettre de l'ordre dans ses réflexions.

Peu importe comment elle évalue la situation, la même conclusion s'impose chaque fois : malgré son envie de tout déballer, elle doit attendre. Elle ne peut décemment annoncer à son meilleur ami qu'elle est en amour avec lui. Pas aujourd'hui. Pas une journée de funérailles.

Assise ou debout, Florence a mal. Rien à faire pour apaiser ses meurtrissures. Les lanières de cuir ocre compriment ses pieds comme la peine, son cœur. La voix du prêtre résonne sous la voûte sans parvenir à couvrir les sanglots étouffés et les reniflements, à commencer par les siens. Elle décide de ne pas écouter le prédicateur : chaque mot lui donne envie de pleurer davantage. La vie est si injuste… Une salle entière de gens qui souffrent. Elle se demande comment son ami Jeff arrive à contenir sa douleur, lui qui dit adieu à sa mère aujourd'hui. Dans quel état d'esprit est-il ? Elle n'a pas pu lui parler seule à seul en arrivant ; elle a tout juste eu le temps de lui donner une accolade à travers laquelle elle a tenté de lui communiquer son empathie, par osmose. A-t-il senti ce qu'elle désirait lui transmettre ?

Et que dire de Sébastien, leur ami commun ? Elle aurait voulu qu'il l'attende à l'entrée de l'église, mais il était déjà installé sur un banc, avec sa famille. Il ne surveillait pas son arrivée… Elle aurait voulu qu'ils aillent vers Jeff ensemble, pour que tout le monde sache à quel point leur amitié est solide, à tous les trois. Mais il ne lui a même pas fait signe, et Florence est persuadée qu'il n'accorde pas à leur complicité la même importance qu'elle, ce qui ajoute à son désarroi.

Déçue, elle esquisse une moue de dépit et, sans même s'en rendre compte, son esprit artistique se met à détailler les formes géométriques du vitrail, à se questionner sur la technique, sur le matériel exigé…

Alors qu'elle tourne son regard vers l'avant, elle croise finalement celui de Sébastien, qui lui adresse brièvement l'étrange rictus qu'est devenu son sourire depuis la mort de Carole. Ce petit geste si attendu ne la soulage qu'un peu… Elle aimerait tellement lire dans ses pensées et dans celles de Jeff, pour se rassurer sur la place qu'elle occupe dans leurs vies…

CHAPITRE 1

Sombres réflexions

Aujourd'hui, maman, sais-tu seulement que je dois aller à tes funérailles? Funérailles. Ça commence par « fun »… Est-ce que ça te fait sourire, de là où tu es? Je n'ai vraiment pas le goût de chercher sur Internet, mais ça vient sûrement du latin. Une petite racine latine qui signifie tout, sauf une partie de plaisir. À commencer par ces vêtements que papa m'a obligé à acheter. Crois-le ou non, c'est moi, Jeff-le-sportif, qui porte cet affreux complet gris. C'est à cause de toi que j'ai ça sur le dos. Me reconnais-tu? Je tire la langue pour toi, devant le miroir. Me vois-tu? Peux-tu me sentir aussi? Mes cheveux sont imprégnés de ton odeur: j'ai pris ta pommade au lieu de mon gel habituel. Impulsivement. Tes effets personnels parsèment la maison… Tu aurais dû penser à nous débarrasser de tout ton bric-à-brac avant d'entrer en phase terminale. Je n'ose pas penser à ce que ce sera de devoir tout enlever nous-mêmes. Je ne crois pas que papa ait le goût de s'y mettre. On n'a pas parlé de ça encore. On n'a pas parlé de grand-chose. Je ne sais pas quoi lui dire. Je ne sais pas ce que ça fait de perdre une épouse ; je n'ai même pas de blonde. Est-ce que c'est pire que de perdre une mère ? Je ne le lui ai pas demandé. J'espère que tu ne comptes pas sur moi pour l'aider... J'en suis incapable. Je me sauve de lui. Quand je parle à papa, c'est comme si tu hantais ses yeux ; je te vois, en lui. À chaque fois, je manque de souffle ; mon cœur se fissure.

Alors, je l'évite.

Je préfère être avec mes amis. Dans leurs yeux, je ne vois que ma peine. C'est plus facile. Là, tout de suite, c'est la pensée que Sébastien et Florence seront quelque part derrière moi, pendant la cérémonie, qui m'empêche de m'effriter sur place. Ça, et ma petite conversation à sens unique avec toi. Ça me réconforte de te mettre les points sur les « i ». Avant que tu meures, je t'ai ménagée, mais maintenant, tu vas savoir ce que je pense de ce que tu nous fais subir. Je DÉTESTE que tu sois partie.

Décédée. Morte.

Depuis que tu n'es plus là, j'ai du mal à aligner deux respirations de suite. J'ai les yeux qui piquent, la gorge serrée, le cœur trop gros.

Toujours. En permanence.

Je panique littéralement et toi, tu ne m'aides pas une miette. Les gens disent que les disparus sont là, avec nous. C'est de la bullshit. Tu m'as abandonné au bord d'un gouffre immense et effrayant. Ça, c'est la vérité : je suis seul.

J'ai peur. À chaque seconde.

Merde… c'est presque l'heure. Je ne veux tellement pas y aller. J'aimerais mieux rester ici et me cacher sous les couvertures jusqu'à ce que ce soit fini. Et cette cravate que je n'arrive pas à mettre… Oh non… voilà que je me remets à pleurer… Je peux te dire que ce n'est pas vrai, l'expression « pleurer toutes les larmes de son corps ». J'en ai versé des litres déjà et il en reste toujours. La preuve : j'en éponge avec ma cravate. Tant pis, je ne la mettrai pas. Elle, au moins, pourra rester sur le lit. Et moi, il faut que j'essaie de me garder les yeux secs pendant les deux prochaines heures…

Sébastien soupire.

C'est de loin le plus discret soupir de sa vie. Pas le choix. Il est à une réception funéraire. En seize ans d'existence, jamais il ne s'est senti aussi désemparé. Quel sentiment affreux de ne pas savoir comment consoler un proche… Habituellement, Jeff et lui manient humour et sarcasme pour se tirer des situations difficiles à gérer. Mais aujourd'hui, rien de drôle à se mettre sous la dent. Ce jeudi d'août restera longtemps gravé dans sa mémoire : son ami doit faire ses adieux à sa mère et lui, à une amie.

Tout à l'heure, pendant la cérémonie des obsèques, les paroles du prêtre ont ramené à la surface une myriade de souvenirs partagés avec Carole. Tandis que l'homme brossait un portrait de l'écologiste enflammée qu'elle avait été, Sébastien a laissé ses pensées vagabonder un court moment. Il s'est revu marcher dans les bois avec elle, filet à insectes à la main.

D'ailleurs, il aurait préféré y être, dans la forêt, les effluves de la nature lui étant infiniment plus agréables que ceux des fleurs coupées, mêlés aux parfums fétides de certaines personnes dans l'assistance.

Ah… Si je pouvais, je claquerais des doigts, quitterais cette salle de réception et me retrouverais dans un sentier qui sent bon la terre mouillée, avec Carole, à chercher des escargots.

Très tôt, il était devenu évident que Sébastien avait plus d'intérêt pour les petites créatures que le propre fils de Carole. Il avait adoré contempler ses boîtes de spécimens chaque fois qu'il allait jouer chez Jeff; il prenait plaisir à monter sa propre collection sur les conseils de Carole. Elle lui avait enseigné une panoplie de trucs.

Elle aurait dû lui en apprendre encore tellement sur le sujet…

Et maintenant, debout au milieu de la foule qui se presse dans la salle, Sébastien comprend que son sort n'est pas le pire… Poursuivre ses recherches sans sa prof d'écologie personnelle ne sera jamais aussi difficile que continuer à vivre sans une mère. Non, rien de comparable : lui ne partageait que quelques moments ici et là avec Carole, tandis que son ami…

Il s'approche lentement de Florence, un pauvre sourire aux lèvres. Elle aussi est affectée par la mort de Carole. En tant que voisines immédiates, elles se côtoyaient souvent. Ses yeux rougis font peine à voir.

— Flo… Ça va ?

— Moi, oui… Et toi ? Je pensais que tu m'aurais attendue, tantôt…

Sébastien fixe le sol, piétine bêtement, puis regarde son amie en murmurant à toute vitesse :

— J'aurais bien voulu… mais j'avais peur de te voir avec l'air… l'air que tu as maintenant, et que ça me donne encore plus envie de pleurer. Je t'ai évitée… Désolé…

Florence se sent stupide d'avoir sauté si vite aux conclusions. Elle balaie le vide du revers de la main, comme pour effacer ce qu'elle s'était imaginé. Pour éviter de s'étendre sur le sujet, elle rétorque plutôt rapidement :

— Moi, ça peut aller… Mais Jeff, je ne sais pas comment il fait pour tenir debout…

Ils tournent la tête vers leur ami qui reçoit au revoir et accolades avec un calme remarquable.

— Je me disais justement la même chose.

— Il y a deux ans, à l'enterrement de ma grand-mère, je n'arrêtais pas de brailler et lui, zieute-le : c'est de sa mère qu'il s'agit et il est un modèle de maîtrise de soi…

— Ouais… à l'extérieur peut-être, mais observe-le comme il faut.

Les deux adolescents portent une attention soutenue à Jeff, qui semble s'être réfugié derrière une carapace robotisée : il articule bonjour après bonjour aux visiteurs, leur adresse un sourire préfabriqué, balbutie des remerciements mono-cordes…

— T'as raison, murmure Florence. Il n'est pas lui-même. On dirait une marionnette. Ça me fait presque peur !

Heureusement, la plupart des amis et membres de la famille ayant offert leurs condoléances, Jeff se retrouve bientôt libre et n'hésite pas une seconde. Il court presque vers ses amis, debout près du buffet.

— Voilà Jeff ! Et il a perdu son visage d'auto-mate ! constate Florence, soulagée.

Son petit nez retroussé et ses cheveux courts lui donnent un air espiègle qui réchauffe le cœur de Sébastien. Le retour du Jeff qu'il connaît le réconforte également.

— Salut, vous deux ! lance Jeff. Flo, tu fais une razzia dans les sandwichs-pas-de-croûte ?

La jeune fille louche vers son assiette de plastique où reposent deux triangles de pain garnis de jambon.

— Je n'ai même pas faim. J'en ai pris pour avoir quelque chose à faire, ajoute-t-elle avec un petit rire nerveux. Je ne suis pas très à l'aise…

— Moi non plus. Je te comprends. C'est vrai qu'il n'y a rien ici pour s'occuper; cette salle est triste à mourir…

Si les plaisanteries de Jeff trouvent habituellement un écho chez Florence, en voilà une qui tombe à plat. Il voit les grands yeux verts de son amie se remplir de larmes.

— Excuse-moi.

— Excuse-moi.

Ils ont parlé en même temps, ce qui leur arrache un rire et propulse Florence dans les bras de Jeff.

Sébastien rattrape de justesse l'assiette de Florence, qu'il lui redonne peu après, alors que leur ami est parti saluer des membres de sa famille qui quittent l'endroit.

— Essaie de voir comment Jeff va réellement, d'accord? le supplie Florence. Tantôt, c'est lui qui a été pris pour me consoler, alors que je m'étais promis de ne pas pleurer. Pas fort, hein? À toi, il va peut-être parler. Il faut qu'on rentre parce que Joanie commence à être fatiguée. Toi, tu restes avec lui?

— Pas le choix! Mes parents ont dû retourner au travail. Le père de Jeff me déposera chez moi plus tard. D'ici là, je lui colle aux baskets…

— Parfait ! Voilà ma mère avec Joanie et Vincent.

Sa petite sœur à temps partiel, comme Florence surnomme affectueusement la fille du conjoint de sa mère, a passé sa petite main dans la sienne et lui demande :

— Elle est rendue où, la maman de Jeff ?

Un serrement au cœur empêche Sébastien de parler. Il voudrait bien aider Florence sur ce coup-là, mais comment expliquer à une enfant de cinq ans le processus de crémation ?

— Au paradis, déclare Florence, un sanglot au fond de la gorge.

— Comment elle a fait pour y aller ? En avion ?

C'est drôle, mais à la fois si triste… Florence, d'un regard mouillé, quête de l'aide auprès de Mélanie, sa mère. Cette dernière s'agenouille devant Joanie.

— Personne ne sait comment on fait pour aller au paradis, Jo.

— Papa m'a dit que Carole est avec les anges. Moi, je pense que les anges savent par où passer.

— Tu sais que tu es chanceuse que ton papa sache tout, toi ! s'exclame Florence qui se penche pour prendre la fillette dans ses bras.

Si la jeune fille a mis du temps à accepter Vincent, le chum de sa mère, elle a en contrepartie immédiatement adopté Joanie, qui habite avec elle une semaine sur deux depuis un peu plus d'un an maintenant. Sébastien, enfant unique, l'envie parfois, comme à cette minute, où il aurait lui-même bien besoin d'un câlin…

Florence garde longuement Joanie contre elle, le nez dans ses boucles châtain clair. Sébastien les contemple en silence et remarque que Mélanie semble aussi attendrie que lui devant le spectacle.

Il ignore toutefois que cette scène réveille chez la femme un souci endormi depuis longtemps. En effet, parce que sa nuque est parcourue de picotements d'appréhension, Mélanie comprend à cet instant précis qu'elle ne pourra pas écarter ses craintes comme elle l'a fait jadis. C'est là, en cette journée de funérailles, qu'elle décide qu'il est temps d'agir. Grand temps. Elle s'approche et caresse simultanément la tête des deux filles. Sébastien fait observer d'un ton neutre :

— Vous avez la même teinte de cheveux…

C'est tout ce qu'il arrive à dire. D'un signe de la main, la petite famille s'éloigne, le laissant se débrouiller avec les larmes qu'il essaie de contenir. Il mobilise chaque muscle de son corps pour endiguer le flot qui menace de rompre les digues.

Quelques salutations plus tard, Jeff s'approche de son ami et lui glisse à l'oreille :

— Seb, tu m'accompagnes chez moi, tantôt ? Je veux dire, si tu n'es pas attendu à d'autres funérailles après.

Avec un petit sourire qui refuse de s'étendre, Sébastien lui répond :

— Es-tu sûr ? Ton père ?…

— Oui. C'est son idée. Quelques-uns de mes oncles et de mes tantes vont venir à la maison et mon père m'a suggéré de t'inviter. On va passer chez toi pour que tu puisses te changer.

— Tu ne m'aimes pas, en chemise ?

— Pas pratique pour jouer au basket. Allez, on t'accompagne en auto et on va t'attendre.

Chez Jeff, les adolescents roulent le panier de basket au bout de l'entrée pour commencer une partie. Sébastien joue d'abord la carte de la bonne humeur, à l'exemple de son ami. Celui-ci se comporte comme s'ils avaient passé l'avant-midi à fignoler la super cabane qu'ils se sont construite dans le boisé derrière chez lui. Mais les images des funérailles se superposent à celle du ballon… Sébastien se met à l'échapper trop souvent pour pouvoir continuer à jouer.

— Ça ne donne rien, dit-il à son ami en se laissant tomber sur la bordure de béton, le ballon entre les pieds.

Jeff vient le rejoindre sans rien dire. Ce n'est visiblement pas ça que son ami voulait, mais il faut que Sébastien lui parle de Carole, de sa peine partagée, sans quoi ça va continuer à planer sur eux comme une mauvaise ombre.

Sébastien étudie la composition de l'asphalte; il se concentre sur les petits cailloux agglutinés les uns aux autres, essaie de faire tenir le barrage. Malgré ses résolutions, le jeune homme sent ses yeux se remplir… Se tournant vers Jeff, il voit briller des larmes dans les siens aussi. Finalement, il n'a pas vraiment besoin de parler pour se débarrasser du malaise qui l'habite. Jeff esquisse un faible sourire et lui dit d'une voix fluette:

— On a l'air fins, hein ?

Sébastien laisse échapper un petit rire qui fait déborder quelques larmes : il renonce à l'idée d'essayer d'y comprendre quelque chose. Jeff s'essuie les joues et lui tape dans le dos.

— *Come on*, Seb. Viens finir la *game*.

Comment jouer au basket-ball avec un poids de dix livres sur la poitrine ? (Déjà qu'un soleil de plomb leur pèse dessus…) Sébastien ne marque aucun panier. Jeff, lui, joue comme un enragé. Il n'a peut-être pas voulu parler, mais il se défoule sur le ballon. Il déjoue son adversaire à tout coup, driblant comme jamais, ne lui laissant aucune chance.

— Merci, Seb ! lance Jeff après avoir gagné deux parties haut la main, essoufflé et ruisselant de sueur.

— Profites-en pendant que ça passe. Ne va pas croire que je vais te laisser me battre comme ça ben souvent !

Sébastien a la satisfaction de le faire rire. Ça lui fait tellement de bien. Le courant qui passe entre eux l'amène à prendre conscience qu'il a eu peur que ça ne soit plus jamais comme avant avec Jeff, à ricaner pour rien à tout bout de champ. Maintenant, il sait que ça va revenir.

Que c'est toujours là. Lentement, ils y arriveront… C'est rassurant.

Jeff plante son regard humide droit dans celui de son ami.

— Pour vrai, Seb. Merci. Ces parties-là, j'en avais besoin. Veux-tu que mon père aille te reconduire ?

Il y a dix minutes à pied entre leurs maisons ; le plus souvent, ils font l'aller-retour en vélo.

— Non. Je vais marcher. Je pense que je vais passer voir Florence avant de rentrer.

Sébastien suit son adversaire des yeux tandis qu'il repart avec le panier vers la maison. C'est le même Jeff que d'habitude : beaucoup plus grand que lui, large d'épaules, tignasse blonde pleine de gel… et de sueur, en cette minute. Le même Jeff, oui, mais différent à l'intérieur. L'adolescent se sent changé aussi… Ne serait-ce que parce qu'il pense maintenant à tout plein de sujets qui ne lui effleuraient même pas l'esprit avant, comme le courage de Carole, celui de sa famille, et la vie… qui peut vous glisser entre les doigts à tout moment.

Post mortem

Maman, c'est moi, ton fils le pacifiste. Une chance que je le suis, sinon j'en aurais démoli plus d'un aujourd'hui. Non mais c'est fou ce que les gens peuvent débiter comme âneries au moment d'offrir leurs condoléances. J'ai particulièrement détesté donner la main à des gens que je connais à peine et qui se permettent de déverser une pluie de conseils. Je me demande comment papa arrive à gérer ça ; c'est lui qui en a le plus épongé.

As-tu entendu un de mes amis de l'école me demander si je portais l'habit prévu pour mon bal des finissants ? C'est rare, mais je n'ai pas réussi à lui décocher une réponse sarcastique dont j'ai habituellement le secret. Je l'ai juste dévisagé en me répétant : non mais quel con !

Autre prix Nobel de la bêtise humaine, un client de ta boutique, qui m'a dit : « Au moins, tu as eu le temps de t'y faire… » Tu parles ! Quel temps ? Les heures passées à m'inquiéter, pour toi, pour papa, à te soigner quand j'en étais capable, à t'aimer en double pour compenser pour l'amour que je ne pourrais plus t'offrir quand tu ne serais plus là ? Pour ce que ça a donné… Cet imbécile-là, j'ai eu envie de lui décocher une bonne droite, puis une gauche, et de lui flanquer une raclée d'enfer. D'ailleurs, j'aurais pu démolir tout ce qu'il y avait dans cette lugubre salle de réception. Moi, Jeff, partisan de la paix, du basket et de l'humour, j'aurais envoyé valser les gerbes de fleurs aux quatre coins de la pièce, et à lui, ce stupide client, j'aurais fait manger les gros lys blancs, de la tige au dernier pétale.

Tu aurais détesté ça, ces arrangements floraux trop parfaits. Quelle idée, des fleurs cultivées, pour toi qui aimes qu'elles s'épanouissent dans leur habitat naturel ! Je m'inquiète pour toi à ce propos : as-tu trouvé ta place dans la nature, là où tu es ? Est-ce que mes pensées y font écho jusqu'à toi ? D'âme à âme ? Je te le répète : je DÉTESTE que tu sois morte. Parfois, j'ai une vision éclair d'un interminable chemin qui serpente entre les lacs et à travers les forêts, et qui se perd au sommet d'une impressionnante montagne. Il n'y a pas beaucoup de soleil ; c'est presque la nuit.

Et moi, je marche sur ce sentier.

Tout petit. Tout seul.

Pour l'instant, dans la vraie vie – parce que moi, j'en ai encore une –, je marche sur mon super complet gris, que j'ai flanqué par terre dans ma chambre, ou plutôt je le piétine.

Je le brûlerai peut-être plus tard.

CHAPITRE 2

Pas surprenant que Florence n'arrive pas à dormir après une journée comme aujourd'hui ! Parfois, quand ça lui arrive, elle se concentre sur le rythme de sa respiration, qui engourdit peu à peu ses soucis. Mais là, c'est peine perdue : les tourments ont le dessus.

— Il fait trop chaud, aussi ! râle-t-elle, excédée.

D'un coup de pied impatient, elle repousse la mince couverture sous laquelle bouillonnaient ses multiples pensées. Pas étonnant que Morphée la boude : sa tête, son lit, sa chambre sont remplis de tracas. Pas très invitant… La jeune fille se lève, marche jusqu'à la fenêtre ouverte. Un souffle d'air agite imperceptiblement les feuilles des arbres du boisé qui s'étend au-delà de la cour. Pour sentir la brise, Florence se campe devant la moustiquaire. De là, elle peut apercevoir la remise et un coin de la terrasse de Jeff, mais pas sa maison. Impossible de voir s'il y a encore de la lumière dans sa chambre, s'il s'est endormi. Quoique ça ne signifie rien : elle est bien éveillée et reste quand même dans le noir, elle. Comment s'endormir avec cet amalgame d'idées qui lui agace le cerveau, y tournoyant comme une nuée de petites mouches ?

La solution est peut-être de leur régler leur cas une par une...

Première mouche : Elle aurait voulu être d'une quelconque utilité à Sébastien. Il est venu quêter du réconfort, plus tôt en après-midi, et elle n'a pu que l'écouter.

— Salut, avait dit Sébastien. Viens-tu faire une petite marche ?

— Dans la rue ?

C'est qu'il adore se promener dans le boisé derrière chez elle. Il ramasse de tout : des insectes, des plantes, etc. Jeff ne l'accompagne pas toujours dans ce temps-là. Florence, elle, aime bien marcher dans la nature, mais pour sa tranquillité seulement. Les orthoptères et les graminées, ça ne lui dit rien.

— Où tu voudras, en autant que tu dises oui.

Pendant qu'ils parcouraient les rues du quartier, elle l'a écouté parler, sans plus. Ça ne l'a sûrement pas beaucoup aidé. Tout ce qu'elle a trouvé à dire, c'est que ça irait mieux quand l'école allait commencer. Elle espère sincèrement avoir raison, parce que l'atmosphère entre eux trois est franchement nulle ces jours-ci.

Deuxième mouche (elle bourdonne fort, celle-là) : S'inquiéter pour Jeff… Son calme apparent cache-t-il une douleur qu'elle arrive à peine à soupçonner ? Bien qu'elle ait grandi avec un seul parent, il n'y a pas de comparaison possible entre elle et Jeff. Perdre une mère aimante est loin de s'apparenter au fait de vivre sans un père qui n'a jamais su qu'elle existait. Florence s'est sentie abandonnée quand sa grand-mère est morte, et ne peut s'imaginer les tourments de Jeff, resté seul avec son père. Alors comment l'aider, sans savoir ce qu'il ressent ?

À lui non plus, elle n'a pas su parler.

Troisième mouche : Même à Joanie, elle n'a pu trouver quoi que ce soit de réconfortant à dire.

Grosse nouille…, se sermonne-t-elle en s'éloignant de la fenêtre. Une embrassade à Joanie, un pauvre sourire à Sébastien, une longue étreinte à Jeff… ce n'est pas assez.

Quatrième mouche : Et pour couronner le tout, sa mère est revenue des funérailles toute retournée : regard absent, plis dans le front, distraite au maximum. Il y a quelques minutes, Florence l'a même entendue passer dans le corridor, devant sa porte fermée… Insomnie, elle aussi. Est-ce que la mort de Carole rappelle à Mélanie celle de sa propre mère, il y a deux ans ? La jeune fille se promet de lui en toucher un mot dès qu'elle s'en sentira capable. Mais pitié, pas maintenant ! Elle reste silencieuse, devant sa fenêtre, se retient d'arpenter sa chambre pour éviter de faire craquer le plancher et d'alerter sa mère. Elle a le sentiment intense que si elle vient la voir, en cette minute, si leurs regards se croisent, elles vont se mettre à pleurer toutes les deux comme des Madeleine. Elle n'a pas besoin de ça. De quoi d'autre, alors ?

Le truc de la respiration pour s'aérer l'esprit, ça marche quand des bagatelles lui trottent dans le crâne. Ce qui n'est actuellement pas le cas. Et encore, elle ne s'est pas aventurée vers ce qui la tracasse le plus, cette tsé-tsé, deux fois plus grosse qu'une mouche normale, qui peut donner maux de tête, fièvre et frissons…

Il faudrait à Florence quelqu'un à qui se confier, à cette heure tardive. Elle regagne son lit sur la pointe des pieds. Elle attrape son téléphone cellulaire sur sa table de chevet et envoie un message texte à sa meilleure amie de fille, Mylène.

TU DORS-TU ?

Ouf, la réponse ne tarde pas !

**PRESQUE, TOI NON
JPARIE QUE TU PENSES
JUSTE AUX FUNÉRAILLES**

Au son imaginaire des insectes qui l'agacent toujours, Florence texte avec frénésie, un oreiller dans le dos et un autre sur ses genoux remontés.

**OUAIS, SI YAVAIT QUE ÇA...
JAI CHAUD, JAI TROP DE PEINE.
JSUIS INQUIÈTE POUR JEFF
PIS SEB Y FILE PAS NON PLUS.
JSERS À RIEN.**

Elle attend avant d'appuyer sur le bouton « envoi »… À quoi bon écrire à Mylène si elle ne réussit pas à lui confier le fond de sa pensée ? Est-ce vraiment une bonne idée de tout déballer à sa meilleure amie ? Les minuscules touches lumineuses brillent dans la pénombre, incitatives. Elle se lance sans plus réfléchir et ajoute :

JE PENSE JUSTE À

Florence donne du pouce sur la touche d'envoi, mais hésite à poursuivre. Comme d'habitude, elle allait s'exprimer sans évaluer la portée de ses mots. Devrait-elle supprimer ce message ? Pour l'instant, ses pensées sont sans doute mieux là où elles se trouvent : en sécurité dans sa tête. De toute façon, Mylène répond déjà.

TES EN SITUATION DE CRISE !
ÉCOUTE TON IPOD,
FAIS DES COLLIERS,
MANGE DES JUJUBES ! !
PRENDS UN R-V
CHEZ TA PSY.
ON SVOIT BIENTÔT.

Florence sourit dans le noir. Le double point d'exclamation en dit long ! Mylène se souvient de tous les bonbons mangés les semaines suivant le décès de sa grand-mère ! Dire qu'elle avait filé un mauvais coton était un euphémisme… Comme sa mère était tombée enceinte à dix-neuf ans, ses grands-parents avaient pallié l'absence du père. Perdre sa grand-mère lui avait fait prendre conscience qu'elle n'avait qu'un parent, et que la vie n'était pas éternelle. Elle en avait eu pour plusieurs mois à accuser sa mère de tous les maux, allant jusqu'à lui dire qu'elle avait gâché sa vie en la privant de son père. Quelques séances familiales en psychologie l'avaient aidée à tout remettre en perspective. Ça, et les jujubes enrobés de sucre que son grand-père lui achetait sans remords, désireux d'amoindrir sa peine par tous les moyens.

MERCI. TU MFAIS RIRE. JCROIS QUE JVAIS POUVOIR DORMIR MTNT.

Quelle menteuse elle est! Florence ferme vraiment les yeux, mais son esprit vagabonde bien au-delà des tourments liés à la mort de Carole. Ce qu'elle s'apprêtait à écrire, et qu'elle n'aurait pas pu rattraper ensuite, c'est qu'elle songe sans arrêt à Sébastien. Appuyée contre ses oreillers, elle fouille dans sa mémoire, remonte dans le temps jusqu'au jour où c'est arrivé, où il a cessé d'être Sébastien-son-meilleur-ami pour devenir Sébastien-son-futur-chum. Parce qu'il le sera. Il le faut.

Ça s'est passé en juillet, alors qu'il revenait de chez son oncle qui habite Detroit. Sébastien y était allé deux semaines pour perfectionner son anglais, tout en aidant au travail de la ferme.

Il y va depuis trois ans. D'habitude, pendant qu'il est parti, Florence s'efforce de jouer au basket avec Jeff, dans sa cour. Ça lui fait plaisir et elle, ça l'occupe, même si ce n'est pas son activité préférée. Privée de la présence de Mylène, qui était accaparée par son tout nouveau chum, Florence s'était vraiment ennuyée. Même son grand-père adoré était absent, constamment en voyage à guider des touristes à la grandeur du Canada…

Dans son lit, Florence soupire et s'étire de tout son long, sur le dos. Décidément, il lui manquait un gros morceau, au début de l'été. Elle se sentait nostalgique, se sentait peu d'entrain pour quoi que ce soit. Elle croyait que la maladie de Carole était responsable de cet état léthargique. Jusqu'à ce que Sébastien revienne. Ses souvenirs du moment exact de son retour sont très précis et défilent dans sa tête comme un film chéri qu'on a vu et revu.

C'était un dimanche. Grâce à un appel à ses parents, elle savait qu'il devait arriver dans la soirée. Elle se revoit encore, derrière la maison, assise au pied du gros frêne. Elle lisait, mais se préparait à rentrer parce que le soleil baissait. Comme elle fermait son magazine, elle a entendu des pas, levé la tête… c'était lui !

Et là, ça lui est tombé dessus sans prévenir : elle l'a trouvé si beau ! Contre toute attente, son cœur a fait trois tours sur lui-même et elle s'est sentie rougir. Malédiction ! Vivement que la noirceur tombante camoufle ça !

— Salut, Flo !

— Seb !

Sans réfléchir, à l'instar de plusieurs gestes qu'elle a tendance à regretter après, Florence lui a sauté au cou. Mais là, pas de remords, parce que Sébastien l'a serrée contre lui de longues secondes. Si fort qu'elle se rappelle la sensation de son collier de vieux boutons s'enfonçant dans sa poitrine.

Elle a ri en s'écartant de lui.

— Hé ! Tu es rendu aussi grand que moi !

C'était vrai. Il avait poussé tout d'un coup. Il était différent : le travail physique sur la ferme lui avait modelé des muscles qu'il n'affichait pas à son départ.

— Il était temps ! Et toi, tu as fait couper tes cheveux !

Ils se sont assis par terre, adossés côte à côte au tronc du frêne. C'est là que Sébastien a sorti quelque chose de sa poche.

— Tiens. Je t'ai acheté ça à Detroit.

C'était un minuscule toutou de chat. Étonnée, Florence l'a pris doucement. Un petit minou gris, tout doux. Il ne lui avait jamais rien rapporté, avant. En examinant son cadeau de plus près, elle a éclaté de rire.

— C'est un porte-clés !

— J'ai pensé qu'à la grosseur qu'il a, tu ne le perdrais pas !

Quelle excellente idée, vu le nombre incalculable de fois qu'elle a dû se rendre chez Sébastien ou chez Jeff, après l'école, parce qu'elle ne trouvait plus sa clé.

— Il est tout mignon. Merci !

Un petit bisou sur la joue, ça se justifie bien quand on vient de recevoir un cadeau, non ? (En attendant le bon moment pour aller plus loin…)

Ils se sont levés après un long et agréable moment passé à discuter. Florence avait conscience du sourire qui ne quittait pas son visage. Si Sébastien lui avait acheté ça, c'est qu'il avait pensé à elle, là-bas… Comme il commençait à contourner la maison pour passer voir Jeff, il s'est retourné vers elle.

— Flo! Même si tu n'oublies plus tes clés, j'espère que tu viendras quand même faire tes devoirs avec moi de temps en temps!

— C'est sûr! Surtout ceux de math!

— J'espère qu'on aura des cours ensemble!

— Moi aussi!

Toujours sur son lit, Florence s'encourage. Plein de bons signes:

❶ Il lui a acheté un cadeau (bien choisi à part ça).

❷ Il veut qu'elle aille chez lui après l'école.

❸ Il veut qu'ils soient dans les mêmes cours.

❹ Il est venu la voir avant d'aller chez Jeff.

❺ Et le reste de l'été…

… ils se sont vus souvent. C'est *sûr* qu'elle va sortir avec lui bientôt! Mais à cause de Jeff, mieux vaut y aller doucement, pour éviter qu'il ne se sente exclu, comme elle lorsque Mylène a commencé à sortir avec son Patrice.

Tiens, un bâillement! C'est efficace, se passer un petit cinéma imaginaire au lieu des traditionnels moutons!

Rancune au cœur

Jeudi… Aujourd'hui, on va à l'école pour chercher nos livres et nos horaires. Journée d'accueil. Tu parles si je me sens accueilli…

Tu devrais être là.

Pour pallier ton absence, on a été obligés de se quêter un transport avec le voisin de Sébastien, alors que tu sais très bien, chère maman, que c'est toi qui aurais dû nous accompagner, comme tu le faisais à chaque année. Tu t'en fiches, bien sûr. Tu t'en fiches, toi, de toutes ces routines auxquelles on doit apprendre à dire adieu. Il y a tellement de choses dont tu t'occupais et que papa et moi sommes incapables de reproduire efficacement l'un pour l'autre. Aujourd'hui, par exemple. Impossible pour lui de venir à l'école. Travail. Idem pour les parents de Florence et de Sébastien. Toi, avec la boutique, tu pouvais te libérer. Plus maintenant.

On ne peut plus compter sur toi.

On ne pourra plus. Jamais.

Ça me met dans un tel état de rage que ça me fait peur. J'ai peur, oui, de ce que je pourrais faire comme geste, peur que quelque chose n'explose en moi tellement tout semble mal accroché à l'intérieur. J'ai le cœur qui tremblote, des nœuds dans l'estomac, des points de côté qui pincent à gauche et à droite, le souffle qui manque. Je te dis que mon oreiller a de l'endurance. Parce que le frapper, c'est ce que j'ai trouvé de mieux comme remède dans l'immédiat. J'ai hurlé dedans, pour ne pas alerter papa. J'ai pleuré, pour la centième fois ; j'ai essayé de vider mon corps de toute cette colère malsaine. Essayé. Les résultats ne sont pas très concluants. Je me prépare à aller à l'école avec l'enthousiasme que j'aurais à retourner sur le jeu alors qu'on perdrait par vingt points. Impossible de gagner. Je drible. Je m'habille.

Le cœur n'y est pas. J'ai presque envie de vomir.

Go, Jeff, go ! Faut bien que je m'encourage moi-même : *TU N'ES PLUS LÀ*.

Assis dans sa chambre, devant son ordinateur, Sébastien clavarde. Discuter sur l'écran commence à l'ennuyer. Quand on écrit « *Salut.* » avec un point banal, pas d'exclamation, c'est que la motivation est en chute libre. Même contempler son magnifique papillon monarque, conservé dans une boîte hermétique sur une tablette du meuble informatique, ne lui remonte pas le moral. Au contraire, ça lui rappelle que son meilleur ami est orphelin de mère…

Il a mal à la tête. Mis à part le fait, comme dirait Jeff, que c'est signe qu'il en a une, il n'y a rien de réjouissant là-dedans. Surtout que c'est le genre de douleur qui lui donne l'impression que quelqu'un essaie de lui percer un trou dans le crâne. C'est pire quand il bouge trop vite, alors il reste là pour réfléchir, fixant sans la voir la page du site de clavardage où s'affichent les pseudos de gens auxquels il n'a pas envie de parler.

Ce matin-là, Sébastien s'est réveillé mélancolique, en pensant qu'il serait privé du rituel de la rentrée scolaire avec Carole. Il venait de prendre conscience de tous les petits riens dont Jeff, lui, devait faire le deuil chaque jour. Et c'était épouvantable.

Épouvantable, c'est le bon mot, se dit Sébastien, affalé dans sa chaise à roulettes, *car ça fait peur.*

Aller à la journée d'accueil avec Carole, c'était agréable, rassurant. Elle s'intéressait à eux, s'arrangeait pour qu'ils aient hâte de commencer l'école. Sébastien s'est demandé comment il allait se sentir, dans l'auto de son copain, avec Jeff…

Il a craint de se mettre tout bonnement à pleurer quand Florence et Jeff sont montés dans la voiture. Finalement, ce dernier affichait une surprenante bonne humeur et l'a accueilli comme n'importe quel autre jour. Sébastien lui en a vaguement voulu de ne pas se sentir aussi morose que lui, même s'il était content de le voir sourire. Il ne pouvait s'empêcher de se demander, en même temps, à quel point Jeff ne feignait pas d'être joyeux... Peut-être Florence le croyait-elle aussi, puisqu'elle a essayé de converser avec Jeff, dans l'auto, assise avec lui sur la banquette arrière.

— Ça me fait tout drôle que ce ne soit pas ta mère qui nous amène, lui a-t-elle dit.

— Au moins, on n'aura pas à l'attendre après pour ses petites commissions de trente secondes qui prenaient finalement une éternité.

Florence a ri de la blague de Jeff. Sébastien, lui, en était bien incapable. Comme il s'y attendait, il avait le goût de pleurer. Il essayait de comprendre la réaction de Jeff. C'était dans sa nature. Ce boute-en-train a toujours eu le don de dédramatiser les situations pénibles. Comme la fois, en classe, où un élève leur avait annoncé que sa chienne de onze ans venait de mourir. Ils étaient tous mortifiés et désolés pour lui et Jeff

45

avait déballé un : « Au moins, elle ne pourra plus manger tes devoirs. » Sébastien avait ri, cette fois-là. Mais dans la voiture, il ne pouvait pas. Il n'y croyait pas. Il était persuadé que Jeff cachait ses sentiments profonds. Ça le rendait doublement triste. Florence s'en est visiblement aperçue. Elle s'est avancée sur le bout de banc et tout bas, lui a glissé à l'oreille :

— Ça va, Seb ?

En refoulant ses larmes, il a secoué la tête sans se retourner. Elle a posé une main réconfortante sur son épaule, sans parler.

À l'école, ils se sont empressés de comparer leurs horaires. Jeff et Sébastien partageaient plusieurs cours, mais pas Florence.

— Pas grave, les gars. Je serai sûrement avec plein d'amies de ma gang. Promettez-moi seulement de me rapporter toutes les farces de Jeff !

— C'est toi mon meilleur public, Flo. Je vais être pas mal moins inspiré si tu n'es pas avec nous.

— On va se voir quand même. On dînera ensemble ! On est dans la même école après tout ! Ne vous en faites pas pour moi !

Agacé, Sébastien se tortille sur son siège au souvenir de ce bref échange. Avant qu'il ait le loisir d'analyser ce fugace sentiment, sa mère se montre à sa porte.

— Tu joues ?

Pense-t-elle réellement que je peux m'adonner à un jeu vidéo sans toucher au clavier, calé au fond de ma chaise, en contrôlant l'action avec le pouvoir de la pensée ?

Devant le silence de son fils, Suzanne poursuit :

— Le souper est prêt. Tu viens ?

— Je n'ai pas vraiment faim. J'ai mal à la tête.

— C'est peut-être parce que tu as trop faim, justement. Tu as besoin de manger un peu…

Le désarroi transpire dans sa voix douce, hésitante, presque suppliante.

Elle a bien vu, quand j'ai vidé ma boîte à lunch devant elle, que je n'ai presque pas touché à mon dîner. Comment manger quand ma peine pour Jeff prend déjà toute la place dans mon ventre ? Comment se sent-il ? Comment le faire parler ?

Sébastien se lève. Son regard croise celui de sa mère, criant d'inquiétude. Ses yeux à lui se remplissent aussitôt de larmes. En deux secondes, elle l'a rejoint et le serre dans ses bras. Il murmure, tout contre elle :

— Je ne comprends pas pourquoi j'ai autant de peine. Je ne la voyais pourtant pas si souvent…

— C'est normal. Jeff est comme le frère que tu n'as pas. Tu as de la peine pour lui. Ça va aller, Sébastien. Donne-toi le temps…

Il a essayé de ne pas inonder la blouse de sa mère. On aurait quand même dit que celle-ci avait été attaquée au fusil à eau quand elle a quitté sa chambre.

— Je ferme l'ordi, puis je te rejoins.

Il a besoin de quelques secondes pour se ressaisir. Après cette marque d'affection, il se sent réconforté, mais maintenant, c'est la culpabilité qui le ronge… parce que lui, il l'a encore, sa mère.

Philosophe

Finalement, maman, c'était étrange, cet avant-midi. J'ai quitté la maison le cœur très lourd, comme tu sais. Sébastien avait une telle face d'enterrement que ça m'a secoué. J'ai beau être à couteaux tirés avec toi, je ne veux pas que mes amis soient tristes. J'ai eu envie de les faire rire, lui et Florence ; je n'y peux rien, je suis comme ça. Pour Flo, j'ai eu du succès, mais Sébastien s'est avéré plus coriace. Je l'ai entendu pousser un gros soupir, aussi gros que les miens, je dirais. J'ai su immédiatement comment il se sentait. Et Florence aussi, sûrement, parce qu'elle l'a réconforté. Ils faisaient pitié à voir et, curieusement, ça m'a aidé. Du fond de ma banquette, je me suis presque mordu la langue pour ne pas pleurer. De reconnaissance. Eh bien, ça a mis du baume sur tout ça de constater que tu leur manquais aussi cruellement qu'à moi, aujourd'hui.

Tu étais absente, mais parmi nous.

CHAPITRE 3

Samedi soir. Seul à la maison, Sébastien se morfond. Ses parents sont sortis souper et il n'a pas voulu les accompagner. Il empoigne le téléphone sans fil, se couche sur le divan du salon et appelle Florence.

— Qu'est-ce que tu fais ce soir?

— Je vais chez Mylène, tantôt. On va écouter un film. Et toi? Ça n'a pas l'air d'aller fort…

— Qu'est-ce qui te fait dire ça?

— Ta voix. Qu'est-ce qu'il y a, Seb?

Étendu de tout son long, Sébastien fixe le plafond.

— Qu'est-ce qu'il y a, qu'est-ce qu'il y a… Je pense, Flo, que tu n'as pas le temps d'écouter ça…

— Vas-y. Raconte. J'ai le temps en masse.

— Je me sens bizarre.

— Ça fait longtemps que je le sais, que tu es bizarre, lui dit-elle avec une pointe d'humour. Alors donne-moi des détails.

Tant bien que mal, le jeune homme tente d'expliquer à son amie cette étrange culpabilité qu'il ressent d'avoir encore une mère... Il pensait qu'elle allait le sermonner, dans le genre *« Ben voyons donc, Seb, on ne peut rien y changer, tu n'es pas responsable de tout ça, c'est insensé... »*.

À la place, elle soupire longuement dans l'appareil. Il peut sentir qu'elle a vraiment le cœur gros, comme lui.

— Je sais. À ce compte-là, je pense que je suis bizarre, moi aussi. J'aimerais pouvoir donner à Jeff un petit morceau de ma mère à moi. C'est nono, hein ?

Il ne répond pas, parce qu'il pleure silencieusement au bout du fil. Les larmes sillonnent ses tempes, libératrices pour lui, invisibles pour Florence.

— Sébastien ?

— Oui ? (Il réussit à prendre une voix à peu près normale.) Je suis surpris. Ça me fait tellement de bien de savoir que tu comprends.

— Tant mieux. Je suppose qu'on ne peut rien faire d'autre qu'être là quand Jeff en a besoin.

— Tu as raison. Merci… Mylène va t'attendre. Je te laisse…

— Non, Seb ! Attends ! Est-ce que tes parents à toi sont… étranges à cause de Carole ?

— Étranges comment ? Pourquoi ?

— C'est juste une impression que j'ai… Ma mère se conduit curieusement… Elle est tout le temps dans la lune.

— Moi aussi, je pense beaucoup… C'est normal.

— Elle, c'est pire. Imagine-toi cette scène-là…

Florence, assise dans la cuisine, sur un banc près du comptoir, n'a aucun mal à se remémorer l'épisode, qui s'est déroulé en ces lieux.

— … C'était hier. On préparait le souper ensemble. Je l'entends couper des légumes, puis soudain, plus de bruit. Ni celui de son couteau, ni aucun autre. Le silence total, à part le poulet que je fais revenir et qui grésille dans la poêle. Je me retourne et je la vois, debout, les yeux dans le vide, son ustensile à la main, la lame en l'air.

— D'où l'expression «fendre l'air», non ?

Florence sourit au bout du fil.

— Niaiseux ! Des absences comme ça, elle en a de plus en plus. Je me disais que la mort de Carole lui rappelle peut-être le temps où ma grand-mère a été malade, mais elle m'en parlerait, si c'était ça, non ?

— Pas nécessairement… On réagit tous chacun à notre façon. Je ne m'en ferais pas trop.

Florence parle encore un bon moment avec Sébastien, qui essaie de la rassurer. Elle raccroche, pensive, l'oreille en chou-fleur. Une chance qu'elle a promis à Mylène d'aller chez elle, sinon elle aurait invité Sébastien et mis en branle une opération séduction, alors que ce n'est pas le bon moment. Selon toute évidence, ils sont tous les deux encore trop retournés par les récents événements.

Prête à partir chez Mylène, elle descend de son tabouret pour aller prévenir sa mère de son départ. Au salon, la télévision fonctionne toute seule… Mélanie ne doit pas être loin, elle qui prône toujours l'économie des ressources : « Éteins les lumières ! Ne laisse pas couler l'eau ! »

Personne non plus à la salle de bain. Intriguée, Florence monte à l'étage qu'elle parcourt sans bruit, comme si, inconsciemment, elle s'attendait à surprendre sa mère dans un de ses moments d'égarement. Son instinct ne la trompe pas. Elle trouve celle-ci dans sa chambre, assise par terre, lui tournant le dos. Autour d'elle, le plancher est jonché d'une multitude de photos et de paperasses diverses. Le tout semble provenir d'une boîte de chaussures d'enfant qui traîne, vide, à proximité. Florence aperçoit des petits souliers qu'elle a portés vers l'âge d'un an ainsi que de vieux documents. Perplexe, elle s'éloigne sur le bout des pieds, peu désireuse d'entamer une conversation au moment où son amie l'attend.

Qu'est-ce que sa mère cherche avec tellement de concentration qu'elle ne l'a pas entendue arriver ? Ce qui déclenche en Florence une sonnerie d'alarme, c'est le fouillis. Éparpiller tout autour d'elle ne ressemble pas à sa mère. Elle qui adore classer, empiler, travailler avec méthode n'aurait jamais enduré ce capharnaüm si elle avait été dans son état normal… Décidément, ça ne tourne pas rond…

Florence secoue la tête, loin de se douter que le désordre autour de Mélanie est sur le point de gagner également son esprit…

Toujours sur le divan, Sébastien broie du noir. Le pire, c'est qu'il n'arrive pas à mettre le doigt sur ce qui le rend aussi maussade. Carole lui manque un peu, mais il s'y habitue. La tristesse et l'ennui, il sait les reconnaître; ce n'est pas ce qui le chicote à ce point. Pas davantage que le souci qu'il se fait pour Jeff qui, partagé par Florence, n'en est que plus supportable. Alors qu'est-ce qui le ronge par en dedans?

À trop réfléchir, son cerveau proteste: son mal de tête est revenu, lancinant. Il ferme les yeux, découragé que ses analyses ne le mènent nulle part.

D'où lui vient cet insidieux malaise?

Assise par terre dans la chambre de Mylène, Florence jette un coup d'œil aux CD dispersés autour d'elles et cela lui rappelle sa mère, quelques minutes auparavant, installée plus ou moins dans la même position. Elle narre l'événement à son amie et conclut :

— J'ai fini par redescendre et lui laisser un mot pour qu'elle sache que je suis ici. Elle ne sait pas que je l'ai vue, occupée qu'elle était à farfouiller dans ses papiers.

— J'avoue que ça ne ressemble pas à ta mère... Je l'imaginerais plutôt entourée de belles piles bien rangées sur la table de la cuisine.

— Oui, ça serait plus son genre, ça.

— Je te rappelle que j'étais là le jour où elle t'a fait une montée de lait à propos de tout le bazar dans ta chambre.

Ce jour-là, Mélanie avait un énorme sac poubelle à la main et lui a dit qu'elle avait envie de jeter tout le matériel que sa fille accumulait dans sa chambre.

— Je fais du recyclage ! J'ai besoin de tout ça pour mes créations ! Tu devrais te compter chanceuse que j'aie une conscience environnementale ! a plaidé l'adolescente.

— J'aimerais plutôt que tu aies une conscience de ton environnement immédiat, c'est-à-dire de cette chambre...

Elles ont dû faire des compromis : Florence a empilé des caisses de clémentines vides pour ranger ses bouts de papiers, vieux tissus, bouchons divers et tout le bric-à-brac qu'elle amoncelle. Elle a cousu un rideau dans des retailles de vieux vêtements et l'a agrafé devant cette étagère de fortune parce que la consigne est la suivante : *si ce n'est pas rangé proprement, ça peut disparaître…* La voilà désormais avisée.

Comme pour chasser ce mauvais souvenir, Florence secoue la tête.

— Brrr… Changeons de sujet ! Qu'est-ce qui arrive, Mylène, entre toi et Fabrice ?

— *Patrice* !

— Je sais. C'est pour rire.

Quand son amie a commencé à sortir avec Patrice, Florence se trompait réellement de nom. Mylène disait qu'elle n'aurait jamais fréquenté un gars qui s'appelle Fabrice. Florence n'a jamais su pourquoi. Elle aime bien ce nom, elle, mais comme Mylène se fâche, c'est drôle et elle a gardé l'habitude de se *tromper*.

— On a cassé.

— Hein ? Comment ça ?

Florence met de côté les pochettes de disques pour dégager l'espace près de Mylène et elles s'adossent toutes les deux au lit.

— Quoi, *comment ça* ?

— Ben… Pourquoi avez-vous cassé ? C'était toi ou lui ? Ça avait l'air de bien aller. Vous avez passé l'été à vous embrasser !

— Justement, à part s'embrasser, il n'y avait rien de drôle à être ensemble. On n'a rien en commun.

— À part s'embrasser…, répète Florence, sarcastique. Non, mais tu te rends compte de ta chance ? Moi, la seule fois où j'ai vraiment embrassé un gars, c'était à la fin de la sixième année et j'avais presque vomi après !

— Raconte ! Tu ne m'as jamais dit ça !

Hésitante à tout déballer, Florence classe machinalement les pochettes près d'elle : une pile de plastique, une pile de carton. Elle prend cette dernière entre ses mains et soupire.

— J'avais bien trop honte. C'était pour un jeu. Un jeu idiot. Je ne voulais pas avoir l'air nounoune de refuser la conséquence alors j'ai laissé le sans-génie à Martel mettre sa grosse langue dégoûtante dans ma bouche. J'ai essayé de bloquer mon corps à toute sensation pendant la demi-seconde que ça a duré, mais qui m'a paru vingt minutes. Yark. Je n'ai pas réussi à m'engourdir assez… S'il y a quelque chose que je regrette dans ma vie, c'est bien ce moment-là. J'aurais été mieux de passer pour une nouille. Tout le monde aurait oublié ça dès le lendemain et ça aurait évité la surconsommation de rince-bouche qui a suivi.

— Tu n'en mets pas un peu, là ? demande Mylène, tordue de rire.

— Pas du tout. C'est arrivé tel quel, et depuis, c'est le calme plat. Alors quand tu dis qu'embrasser, c'est l'fun, je ne peux qu'imaginer.

En espérant qu'elle pourra bientôt confirmer à Mylène qu'elle a raison sur ce point ! Mais en attendant, motus et bouche cousue.

— Puisqu'on en parle…, commence son amie, ça ne t'épuise pas trop de consoler ton beau voisin ?

Les disques prennent le bord du plancher. Florence pousse Mylène d'un coup d'épaule.

— Jeff et moi ? T'es malade ?

Comme c'est étrange que Mylène pense qu'elle et *Jeff*…

— Fais attention à mes CD ! Avoue que tu passes beaucoup de temps avec lui !

— Je l'ai toujours fait, grosse nouille. Sébastien et lui sont mes amis depuis le primaire. On s'est tenus ensemble à la minute où Jeff a emménagé près de chez nous. Tu le sais bien.

— Et pourquoi ne pourrais-tu pas sortir avec lui ? Il a tout ce qu'il faut, non ? (Mylène sourit et tourne la tête malgré elle vers sa fenêtre, songeuse.) Mmm… J'adore le voir passer en tenue de jogging… Surtout l'été, quand ses longues jambes dépassent de son short…

— Ce n'est pas mon genre, le type athlétique, coupe Florence. Mais je t'écoute, là, et il me semble que tu ne cracherais pas dessus, toi !

— J'ai déjà évalué le cas… et non. Je les aime plus rembourrés, tu sais. J'essayais juste de te faire saliver !

— C'est raté. De toute façon, je ne pense pas que Jeff ait la tête à avoir une blonde ces temps-ci.

Non, mais quelle conversation stressante… Vite ! Changer de sujet pour ne pas que Mylène ait le temps de penser que *Sébastien*, lui, pourrait être le genre de Florence. Il y a des secrets qu'il vaut mieux ne pas dévoiler trop rapidement.

Comme disait sa défunte grand-maman : « Si vous gardez un secret, il est votre esclave ; mais si vous le dévoilez, vous êtes le sien… »

— Tu me passes une boîte d'éprouvettes ?

— Tiens !

Jeff tend un paquet à Florence qui secoue la tête.

— Pas celles-là : la commande dit « vingt millimètres de diamètre ». Celles que tu me donnes sont trop petites.

— Je vais aller en chercher en arrière.

De temps à autre, Florence donne un coup de main au Naturama, la boutique de la famille de Jeff, pour préparer les commandes des clients. Sébastien y travaille plus régulièrement : les jeudis et vendredis soirs surtout. Jeff et elle sont engagés pour aider dans les périodes où les commandes abondent comme là, à l'automne, ou quand il y a des arrivages massifs de nouveau matériel qu'il faut ranger.

Pendant que Jeff est occupé à l'arrière-boutique, Florence s'empresse de confier à

Sébastien que Mylène pensait qu'elle courait après Jeff. Elle n'a pas pu résister. Elle veut voir sa réaction. Presque certaine que ses sentiments sont partagés, elle est sûre que Sébastien pouffera de rire à l'idée d'elle et de Jeff ensemble… Cependant, c'est le plus sérieusement du monde qu'il quitte des yeux le bon de commande qu'il tient à la main pour la dévisager.

— Et ?

Comment peut-il seulement *envisager* cette possibilité ? Elle n'en revient pas.

— Et quoi ? Et rien. T'es aussi fou qu'elle, ma foi ! Penses-tu que Jeff est en état d'avoir une blonde ?

C'est sorti tout croche. Ce n'est pas ça qu'elle aurait dû répondre, pauvre cloche ! Le mieux, ça aurait été : « Et quoi ? Elle s'est trompée de cible, la Mylène. Ce n'est pas Jeff qui m'intéresse. » Et là, il aurait demandé : « Qui alors ? » Et elle aurait dit : « Tu le sais bien. » Il aurait souri. Ils se seraient embrassés entre un squelette du corps humain et une maquette du système solaire. Mais non. Elle est trop tarte pour faire les premiers pas, après cette réplique pas trop encourageante de Sébastien. À ce train-là, elle va jouer encore longtemps au chat et à la souris. À quand son premier vrai baiser ? (C'est décidé :

elle efface de sa mémoire celui de sixième année. Ce n'était pas un baiser, c'était une intrusion buccale.)

Le lendemain midi, à la cafétéria, l'adolescente convainc ses amies d'aller dîner à côté de Jeff et de Sébastien. Tout en ouvrant sa boîte à lunch, elle leur jette un coup d'œil.

— Dites, les filles, commence Jeff entre deux bouchées. Savez-vous ce que dit un clown à un autre, à la cafétéria ?

Elles répondent bien sûr par la négative, attendant le « punch ». Il prend le temps d'avaler, puis dit :

— Bouffons !

Deux bonnes secondes plus tard, les éclats de rire fusent. Florence donne de l'épaule contre Jeff, heureuse de constater que son sens de l'humour est intact.

— Tu as vraiment un répertoire inépuisable !

Elle s'est assise à côté de lui pour avoir une meilleure vue sur Sébastien-son-ange, juste en face. Leur table s'est remplie dans le temps de le dire d'autres amis des gars. C'était bien ; une belle atmosphère. Florence termine le repas satisfaite : la routine est installée. Ils se verront chaque midi, désormais.

C'était compter sans la réunion de basket du lendemain midi… et sans ce qui s'en est ensuivi… Une journée exécrable. À oublier. D'abord, il a plu à boire debout du matin au soir. Seule à la maison, Florence essaie de faire son devoir de math, assise à la table de la cuisine. Elle frissonne : la marche sous la pluie, depuis l'arrêt de bus, a détrempé ses cheveux. Sans avoir réellement froid, elle sent l'humidité coller à sa peau. Très désagréable. Tout autant que le souvenir de ce qu'elle a vu ce midi.

Posé près d'elle, le porte-clés que lui a donné Sébastien lui rappelle que son ami semblait tenir à la voir aller souvent chez lui quand il le lui a remis. Elle a besoin de se souvenir de ça, après les derniers événements dérangeants.

Incapable de se concentrer sur les nombres dans son cahier tout neuf, Florence n'y voit danser que la date qu'elle a inscrite dans la marge. Mardi, 28 août. Date maudite. Jour où le diable s'est pointé.

Elle couche sa tête sur la table et profite du fait que personne ne sera à la maison avant une bonne heure encore pour méditer sur sa journée...

Ce midi, les gars ont mangé vite parce qu'ils devaient aller au gymnase assister à une réunion d'information pour le basket. À leur retour, Sébastien et Jeff étaient flanqués d'une espèce d'échalote que Florence n'avait jamais remarquée avant. Une fille aux jambes interminables, qui riait avec Sébastien tout en balançant une queue de cheval noire, épaisse et soyeuse. Des cheveux de rêve... Elle avait l'air sympathique. Trop. Trop sympathique. Trop belle. Trop proche de SON Sébastien. Trop grande aussi. Elle le dépasse d'au moins huit centimètres. Il faudrait qu'il se mette sur le bout des pieds pour l'embrasser ; ça n'aurait pas d'allure.

Florence relève la tête et fixe ses crayons, épars devant elle.

Bon. Elle va un peu vite. On s'en fiche qu'une fille soit plus grande que son chum. Et puis, il n'est pas question de relation entre Sébastien et l'Échalote. C'est juste que ça l'a dérangée, de les voir ensemble. Sébastien a bien le droit de rire avec qui il veut, mais elle n'y peut rien, ça lui écorche les entrailles d'y penser.

Elle essaie de faire de l'algèbre, mais quand elle ouvre son manuel, au lieu des consignes, elle ne voit que Sébastien et l'Échalote qui rient ensemble. Ça lui cause un désagréable pincement au cœur.

Quand sa mère rentre de travailler, Florence a déjà rangé son sac. Devoir non terminé à l'intérieur. Elle préfère aider à préparer le repas : plus relaxant.

— Dis, maman, il est où, grand-papa, ces jours-ci ?

Florence remarque que Mélanie sourit en fouillant sa mémoire. Si elle s'ennuie de sa mère, penser à Robert la rend à coup sûr plutôt heureuse.

— Je pense qu'il doit revenir de la Côte-Nord vers la fin de la semaine… Laisse-moi consulter mon calendrier.

— Passe-moi le sac d'oignons, avant.

La femme glisse le filet à légumes vers sa fille et ouvre une porte d'armoire derrière laquelle est dissimulé leur agenda familial. En promenant un doigt sur le papier glacé sillonné de son écriture propre et régulière, elle confirme :

— Il doit rentrer vendredi.

— On l'invite à souper, dis? Je m'ennuie un peu. Avec le décès de Carole, on dirait que grand-maman me manque…

Comme ça, si Mélanie s'ennuie aussi, la porte est ouverte.

— Bonne idée, je lui laisse un message.

En route vers le téléphone, Mélanie fait une halte pour presser sa fille contre elle.

— Attention, maman! J'ai un couteau, là!

— Oui, et tu sens l'oignon. J'adore.

Elle étreint sa fille un moment et murmure dans ses cheveux:

— Grand-maman te manque beaucoup?

— Grand-papa aussi. J'aimerais qu'il puisse être plus souvent ici…

Mélanie la contemple en silence, les yeux chargés d'émotions. Florence n'arrive pas à saisir toutes les nuances dans le regard de sa mère. Elle y discerne de la tendresse, un soupçon de pitié, un brin de contrariété. C'est comme si quelque chose la chicotait. Mais quoi?

— Et toi? demande-t-elle.

— Et moi, quoi?

— Tu t'ennuies d'eux aussi ? À cause de Carole ?

La femme penche la tête, songeuse.

— Pas *à cause* de Carole, non… Mais j'y pense, normalement, quoi… Alors, va pour un souper ! Je vais laisser un message dans la boîte vocale de mon super papa voyageur !

Tandis qu'elle s'éloigne, Florence étudie sa réaction. Sa mère s'est précipitée vers elle, pour la consoler. Était-ce une façon de cacher sa propre peine ? Pourquoi la lui camoufler ? Il n'y a aucune honte à s'ennuyer…

— Dis-lui d'arriver tôt, maman !

L'appel conclu, Mélanie s'enthousiasme :

— Qu'est-ce qu'on lui préparera, Florence ? Un bon barbecue sur la terrasse ? S'il peut arriver assez tôt, Joanie le croisera peut-être avant que sa mère ne vienne la prendre ! Dommage que ce soit la fin de sa semaine ici !

Quant à elle, Florence est plutôt contente qu'il en soit ainsi : comme ça, elle aura plus de chances de coincer son grand-père seule à seul pour lui parler de sa mère, et peut-être aussi de Sébastien. Elle a bien besoin d'un confident fiable !

~

Joanie et Florence trompent leur ennui en jouant au ballon ensemble dans la cour.

— Je ne veux pas que maman arrive avant grand-papa Robert! crie Joanie chaque fois qu'elle botte le ballon de travers, l'œil rivé au fond de la rue.

— Il sera ici très bientôt! Ah! Qu'est-ce que je disais? Ta grande sœur a toujours raison: voilà sa voiture!

Le ballon de soccer sous le bras, Florence recule avec Joanie pour laisser la place au véhicule. Le visage buriné par le vent du fleuve, Robert les rejoint, bras tendus.

— Youpi! crie Joanie en lui sautant au cou. Je voulais t'embrasser avant de partir! J'ai réussi!

— Tu réussis à beurrer mes lunettes, aussi, vieille poulette!

Florence sourit et contemple le nouvel arrivant qui fait rire Joanie. C'est un homme grand, à peine grisonnant – elle le soupçonne de se teindre les cheveux! –, énergique, toujours de bonne humeur. Ses lunettes lui donnent un look d'intellectuel, ce qu'il est plus ou moins. Il a souvent le nez plongé dans les livres, pour le travail ou pour d'autres raisons.

Elle l'embrasse à son tour, charmée par l'odeur caractéristique de son après-rasage, qu'elle reconnaîtrait entre mille.

La présence de Robert provoque un véritable remue-ménage. La mère de Joanie arrive et descend de voiture. Mélanie et Vincent les rejoignent avec le sac de voyage de la petite, ils discutent tous un bon moment dehors. Attiré par le bruit, Jeff vient même saluer le visiteur, qui lui offre des condoléances sincères.

— Tu veux prendre un apéro avec nous, Jeff? demande Mélanie quand Joanie est partie.

— Un apéro, sûrement pas, mais je veux bien une limonade!

Tous rient: c'est bien connu que Jeff n'arrive pas à avaler plus de deux gorgées de bière d'affilée. Alors qu'elle vient de s'asseoir près de lui sur une chaise de jardin, derrière la maison, Florence voit sa mère lui faire signe de la porte-fenêtre, le téléphone à la main.

— C'est Sébastien!

La jeune fille bondit sur ses pieds presque aussi vite que son cœur dans sa poitrine. Seb!

Il l'appelle, en ce vendredi soir ! Ouf ! Elle qui a eu peur de cette pauvre échalote…

— Non ! crie Mélanie en bougeant la main pour que sa fille reste assise. Il veut parler à Jeff. Une question de basket-ball, je crois !

Florence se laisse mollement retomber dans son fauteuil, essayant de ne pas laisser paraître son abattement. Il ne veut même pas lui parler, à elle… Une vulgaire question de basket… Elle broie du noir quelques minutes, mais les récits du grand voyageur détournent bien vite son attention du coup de téléphone.

Pour Sébastien, cependant, c'est une tout autre histoire que déclenche ce simple appel.

CHAPITRE 4

Grâce à quelle magie mon cerveau arrive-t-il à penser à autant de choses à la fois? se demande Sébastien, couché dans son lit.

En vrac: le souvenir de Carole, l'énergie déployée par Jeff à feindre que tout va bien, les devoirs à faire, le basket qui commence et, comme si ce n'était pas assez, le casse-tête ultime... Florence.

Ça lui est tombé dessus tout à l'heure, en raccrochant le téléphone. Tout le temps qu'il s'informait à Jeff de la possibilité que le Naturama commandite encore leur costume pour les tournois, il y avait une petite cloche qui tintait en arrière-plan. Il ne s'y est attardé qu'après avoir rappelé leur entraîneuse avec l'information qu'elle attendait.

Une chance qu'il était seul dans sa chambre pour téléphoner, parce qu'il devait avoir une drôle de tête. Le père de Jeff lui avait dit : « Jeff est chez Florence. Son grand-père est là et ils prennent un verre dehors. »

Ils prennent un verre dehors... Ça l'avait irrité. Jeff ne prend jamais un verre, d'abord. Puis, l'esprit libéré des appels à effectuer, il a compris ce qui l'agaçait depuis la rentrée.

Il était jaloux...

Il n'a pas aimé que Jeff se montre aussi déçu que Florence ne partage pas leurs cours, et, le premier midi où ils ont mangé ensemble, à la cafétéria, elle s'est assise près de Jeff et non à côté de lui. Ça l'a dérangé, encore, sans qu'il en ait réellement conscience. Ses neurones essayaient sans doute de le protéger. C'est ainsi que ça fonctionne, généralement. Votre cerveau vous avertit de ne pas marcher sur ce qui ressemble à de la vitre cassée, d'avancer prudemment dans la noirceur, de rester loin de la chaleur. Son cerveau à lui a essayé, mais ça n'a pas suffi.

Et là, il se retrouve les deux pieds dans le feu. Florence est sa meilleure amie depuis des lustres et, *bang*, il ne fait que penser à elle depuis qu'il a laissé le téléphone à dix-sept heures trois. Il capote. Il ne sait pas trop comment elle accueillerait cette nouvelle… Et si elle lui préférait réellement Jeff? Mylène pensait bien qu'elle courait après lui, non? Aaargh! Voilà un autre épisode où il a mal filé. Qu'est-ce qu'a répondu Florence? Que Jeff n'était pas en état d'avoir une blonde…

Horreur… Et si Florence attendait le bon moment pour déclarer sa flamme à Jeff? Comment savoir ce qu'elle ressent, elle? Attendre? Passer par Mylène? D'une façon comme d'une autre, pas question de lui dévoiler mes sentiments sans avoir d'indice qu'ils sont partagés; si ce n'est pas le cas, ça pourrait jeter un froid sur notre amitié. Triple horreur…

Sébastien attrape le téléphone, se demande si Florence est couchée, s'il est trop tard pour appeler chez elle sans réveiller toute la maisonnée. Et s'il essayait de la joindre sur son cellulaire? Il enrage contre sa propre lenteur à se procurer un portable; il aurait pu lui envoyer des petits textos pas compromettants. Mais s'il l'appelle, maintenant, il ne saura pas quoi lui dire… Il remet l'appareil sur sa table de chevet, au summum de l'indécision. La tête sur l'oreiller, il réfléchit. Le sommeil le surprend pendant qu'il forge en pensée toutes sortes de phrases à dire à Florence. Il rêve qu'il magasine un téléphone, mais qu'à chaque fois qu'il veut appeler la jeune fille, une voix électronique l'avertit: «La personne que vous désirez joindre est en ligne avec Jeff Beaulieu. Veuillez rappeler plus tard.»

Le matin venu, Sébastien a perdu toute envie de se procurer un téléphone cellulaire.

Réveil

Maman… Je me réveille. C'est samedi. Rester couché ou me lever, c'est du pareil au même. Quoi que je fasse, tu n'es pas là. J'aimerais bien rêver à toi, mais tu ne viens pas… Tu restes obstinément absente, de ma vie réelle comme de mes rêves. Ne te demande pas pourquoi je te parle…

J'ai le goût de garder les couvertures autour de moi encore longtemps. Quand je m'enroule dedans assez serré, je peux presque me faire croire que c'est toi qui me prends dans tes bras. Ça dure un moment, avec beaucoup d'imagination. Puis, je dois bien m'avouer que c'est de la bullshit… C'est tellement difficile de sortir du lit, si tu savais.

D'abord, il y a ma respiration à trouver : la première bouffée d'air du matin, celle que je prends en passant la main dans mes cheveux en bataille, celle-là, elle me brûle les poumons.

Là, je sors de la chambre, et je suis frappé par l'odeur. La maison perd peu à peu la tienne. Merde… Les yeux qui piquent, encore. J'ai mal dans le dos tellement je me retiens souvent de pleurer. Je crois que ça m'a coincé un nerf…

C'est ça, ton héritage : mon corps garde l'empreinte de la colère, de la douleur, et maintenant, de la tristesse. À mi-chemin entre ma chambre et la salle de bain, j'hésite. Je suis étourdi, tout à coup. Je m'appuie un moment contre le mur, le temps que les étoiles passent devant mes yeux. Faudrait pas que ça m'arrive au milieu d'un match…

Merde, je suis malade ?

Malade de tristesse… Ça se peut ?

J'ai peut-être juste faim. Oui. Sûrement. De ta présence.

Merde. Il y a vingt-six jours que tu es morte. Est-ce que ça va durer encore longtemps, cette douleur ? Aide-moi, je t'en supplie…

La tête contre le frêne, Florence ferme les yeux et laisse le vent jouer avec ses cheveux qui dansent sur ses épaules. Ce repos est le bienvenu : elle revient tout juste de chez son grand-père, et c'est un double trajet de cinquante minutes qu'elle a parcouru en bicyclette. L'effort en valait la peine : les deux heures passées à se confier à lui ont été bénéfiques. À qui d'autre aurait-elle pu demander conseil pour les agissements étranges de sa mère ? Elle a songé brièvement à en parler à Vincent, mais si elle a accepté sa présence dans la maison, elle n'est pas prête à l'inviter dans ses pensées. Elle ne le sera peut-être jamais… Son grand-père s'est toujours très bien acquitté de son rôle de père de substitution. D'ailleurs, Florence le lui a dit dès son arrivée, juste après l'avoir serré longuement contre elle.

— Ça me fait tellement de bien que tu sois là, mon grand-papa-papa ! Tu m'as manqué, avec le décès de Carole.

Réticente à s'éloigner de lui, elle s'est agrippée à son épaule et y a appuyé la tête. Un sanglot venu d'elle-ne-sait-où l'a surprise, lacérant sa poitrine, puis sa gorge, avant de s'échapper à l'air libre.

— Hé… a murmuré doucement son grand-père. Qu'y a-t-il, ma poussinette ?

Il y a longtemps qu'il l'a appelée ainsi. Il y a longtemps qu'elle a eu besoin de lui comme d'un père…

— *Qu'y a-t-il*, tu dis ? (Elle a souri à travers les larmes chaudes qui sillonnaient ses joues.) Je ne sais pas par où commencer…

Il l'a emmenée derrière la maison où ils se sont installés côte à côte dans une balancelle de jardin. Un verre d'eau à la main, Florence a débuté.

— Ça ne va pas avec maman…

— Elle ne m'en a pas parlé, s'est étonné Robert, sur le qui-vive. Vous vous prenez la tête pour quelle raison, cette fois-ci ? Je croyais que c'était fini, le temps des rapports houleux entre vous.

Florence a posé une main rassurante sur le bras de son grand-père.

— Tout va bien sur ce plan-là, ne t'inquiète pas. (Un petit rire a chatouillé sa gorge.) Tu as raison : mes exploits d'obstination intense avec elle sont derrière moi !

— Ouf ! J'avoue que j'ai toujours un peu peur que tu remettes ça sur le tapis, le fait que Mélanie ait choisi de ne pas rechercher ton père…

— Chut, grand-papa ! Je sais que j'ai accusé maman d'être égoïste, de vouloir me garder pour elle toute seule, de me priver de l'amour d'un père, et tout ce que j'ai pu inventer comme plaintes…

À même le sol, Florence gigote, les fesses engourdies. Elle joue distraitement avec le matériel qu'elle a apporté avec elle dans l'intention de confectionner un nouveau collier, souhaitant que Robert ne reparte pas de sitôt en voyage. Il lui est si essentiel. Il l'a prise au sérieux quand elle lui a narré les épisodes d'égarement de sa mère. Son front plissé trahissait ses efforts de réflexion.

— Pourquoi tu ne lui parles pas carrément de tes interrogations ? demande Robert. Je te dirais bien que je m'en occupe, mais je repars dans une semaine.

— Jusqu'à ce que je la surprenne avec la vieille paperasse autour d'elle, je ne m'étais pas trop inquiétée. Et à ce moment-là, j'étais un peu pressée. Mais si ça se reproduit, je vais à la pêche, promis ! Fais-moi confiance, tu m'as appris à bien me débrouiller ! Je peux gérer ça moi-même, pendant ton absence.

Cependant, comme elle anticipe le prochain voyage de son confident, Florence a mentionné à son grand-père son tourment à propos de l'Échalote et de Sébastien.

— Je me disais bien que ça allait commencer bientôt, les amours ! a-t-il lancé en souriant.

— Ça te dérange que je t'en parle ? Quand je discute avec ma mère, ces jours-ci, on dirait qu'elle ne m'écoute que d'une oreille… Et puis, elle le dirait à Vincent. Ça me gênerait. J'aurais peur qu'il dise quelque chose devant Sébastien…

Florence enroule du fil métallique rouge autour de son index, pensive. Pour l'Échalote, son grand-père lui a suggéré de laisser aller le temps. Comment y arriver ? Impulsive comme elle est, la patience, ce n'est pas son fort. Le temps… une longue enfilade de perles qu'on aligne les unes à la suite des autres… Ça peut se faire, mais pour éviter de se retrouver avec un étrange collier dont elle ne voudrait pas, Florence se dit qu'elle devrait meubler son attente en dressant un plan, ne serait-ce qu'un pâle croquis…

La semaine s'écoule ; la routine de l'école se met tranquillement en place. Cependant,

Sébastien ne sait pas davantage où donner de la tête qu'il y a sept jours. Le vendredi soir, après le souper, c'est avec un énorme soulagement qu'il accepte l'invitation de Jeff à venir jouer une partie devant chez lui. Pour se dérouiller, comme dit son ami. Pour se vider la tête, pense plutôt Sébastien.

Il parvient à mieux se concentrer que la dernière fois, bien que la proximité de la maison de Florence l'amène à y jeter de fréquents coups d'œil ! Il s'imagine qu'elle les regarde peut-être par une fenêtre et joue avec toute l'ardeur dont il est capable – pour lui en mettre plein la vue, mais aussi pour tenter de prendre sa revanche sur Jeff. C'est peine perdue. Malgré les efforts qu'il fournit, Sébastien se fait largement surpasser, en grandeur, et en talent. Le jeune homme se demande parfois avec humour pourquoi il reste dans l'équipe de basket !

Assis avec des gourdes d'eau sur la bordure de béton, les deux garçons reprennent leur souffle sans parler. Sébastien s'aperçoit que sa dépense d'énergie n'a rien donné : un tourbillon de pensées lui empoisonnent toujours la tête. Il commence à en avoir l'habitude. C'est à croire qu'il a un cerveau bionique.

D'abord, il regarde Jeff tout en sueur, plus grand que lui, d'allure plus sportive, les cheveux blonds que le gel garde bien coiffés, alors que les siens, mous, d'un brun tout ce qu'il y a de plus ordinaire, sont sûrement tout plaqués sur son front. Il y a longtemps qu'il sait que les filles le trouvent beau, Jeff; ça ne l'a jamais contrarié avant. Avant qu'il ait peur que Florence ait un œil dessus. Horreur! C'est son meilleur ami. Il est jaloux de lui, mais inquiet aussi. Bien inquiet, car Jeff a encore une fois manié le ballon comme si des dépisteurs de la NBA avaient été sur la pelouse. Sébastien le voit à la fois menaçant et vulnérable.

Dans sa tête se superposent des images de lui-même consolant Jeff, embrassant Florence, marquant un panier décisif. Il incite son cerveau à mettre de côté le moins urgent.

— Comment va ton père?

Petite question anodine qui l'amènera plus loin.

— À vrai dire, je ne sais pas trop.

— Comment ça?

— Il est retourné à l'hôpital au bout d'une semaine, alors qu'il aurait pu prolonger son congé sans problème.

Luc, le père de Jeff, est biologiste.

— Ça doit lui changer les idées, d'aller travailler…

— Ouais, j'imagine…, fait Jeff d'une voix traînante. Je dis « j'imagine », parce qu'il n'en parle pas. Il rentre tôt, on fait le souper ensemble, il est de bonne humeur, mais je me demande s'il va réellement bien.

— Tu t'inquiètes pour lui sans oser lui en parler ?

— C'est ça.

— C'est drôle.

— Pourquoi ?

— C'est exactement comme ça que je me sens avec toi.

Jeff fronce ses sourcils blonds.

— Tu t'inquiètes pour moi ?

— Ben oui. Comment vas-tu, au fond ? Moi, je pense à ta mère, je m'ennuie, mais sûrement pas autant que toi.

Toujours assis, Jeff drible entre ses jambes en fixant le ballon.

— J'essaie de ne pas trop m'y attarder. Ces derniers jours, j'arrive même à passer une heure complète sans y penser.

Sébastien en a le souffle coupé. Jamais plus qu'une pauvre petite heure sans y penser…

— Une heure… Jeff…

— C'est pas si pire, Seb. Ce sont de plus en plus souvent de bons souvenirs. On dirait que l'image d'elle, malade et amaigrie, s'est estompée. Tu peux arrêter de t'en faire pour moi, mais…

— Mais quoi ?

Jeff se lève et lui lance le ballon en pleine poitrine.

— Mais merci d'être là.

Une heure seulement… Soixante minutes… Sébastien n'en revient pas encore. Il fixe le ballon qu'il roule habilement entre ses mains.

Il faudrait que je trouve quelque chose pour lui changer les idées. La saison de basket va peut-être aider… Sinon, quoi d'autre ?

❧

Seul et confus

M'as-tu vu jouer au basket avec Sébastien, maman? Je suis plus facilement essoufflé qu'avant. C'est de ta faute. Je ne fais plus de jogging depuis que tu es morte. J'ai aussi perdu mon entraîneuse… Quand tu étais malade, tu tenais à ce que j'y aille, même si tu n'avais plus la force de m'accompagner. Je savais que c'était difficile pour toi de ne plus être capable de venir, de constater que ton corps t'abandonnait, mais je continuais, je gardais espoir que tu guérisses miraculeusement. Quand je joggais, je le faisais pour toi. Chaque pas, je le prenais pour t'envoyer un peu de ma vigueur. Je passais toujours par le pont de la rivière, auquel je m'accoudais. Observer passer le courant, comme nous l'avons fait ensemble tant de fois, me permettait de reprendre des forces, physiques et morales. Je me souviens aussi que je regardais les voitures circuler et je me disais que personne, pas un passager ne pouvait deviner ce que je faisais là.

Je me sentais vraiment seul.

Avec ma peine. Ma peine et moi.

Puis, je repartais en lançant des défis à une quelconque puissance supérieure. Quand j'étais à bout, épuisé par l'effort, je me disais : « Encore deux kilomètres et quand je vais rentrer, elle va avoir pris du mieux. Un peu. »

Mais ça n'arrivait pas.

Je suis en colère contre le jogging. Donc, je n'en fais plus, mais il faudrait que je m'y remette. J'ai réussi à battre Sébastien comme d'habitude, mais je suis crevé.

Pour le basket, ça a été, mais pour le reste... Sébastien n'est pas fou, maman ; il voit bien que j'en arrache... J'ai essayé de lui expliquer ce que je ressens, mais je n'y arrive pas, pas comme lui, pour qui ça semble si facile de s'épancher. Il m'a carrément avoué qu'il pense à toi de temps en temps. Moi, dès que j'ai commencé à lui en toucher un mot, ma gorge s'est serrée. Je n'ai pas voulu entrer dans les détails, lui dire vraiment ce qui en est. J'aurais sûrement fait pitié et je m'y refuse.

Il m'a demandé comment allait papa... et franchement, je n'en ai aucune idée parce qu'on ne se parle que de ce qu'on va manger pour souper. (Ah ce qu'on s'ennuie de tes talents culinaires !) Alors, je me suis dit, en rentrant du basket, que j'essaierais d'avoir une vraie conversation avec lui. Bon... une miniconversation... Tu sais que quand ça devient trop sérieux, je vire immanquablement tout à la blague, c'est plus fort que moi, mais ça m'aide à camoufler la douleur qui m'habite.

Donc, j'ai cherché papa. Il n'était pas dans la maison. Je me suis dirigé vers les portes-fenêtres et je l'ai aperçu, sur le patio, avec Mélanie, la mère de Florence. Les as-tu vus, toi aussi ? Sais-tu de quoi ils parlaient ? Ça m'intrigue, parce que je les ai d'abord vus enlacés et j'ai pensé que Mélanie réconfortait papa. Mais quand ils se sont séparés, elle secouait la tête et haussait les épaules, comme si elle ne savait pas quoi décider, et papa lui a frotté le dos pour la réconforter, elle...

J'ai rebroussé chemin. J'étais trop heureux d'avoir une excuse pour ne pas amorcer un tête-à-tête avec papa.

Je me demande ce qu'elle a, Mélanie ? Parlaient-ils de toi ? Il n'y a pas que moi qui m'ennuie...

Voilà la vie qui continue, maman.

CHAPITRE 5

Il pleut. Rien à faire dehors. Il n'est que dix heures et, déjà, Florence se demande comment occuper son samedi. Joanie est partie hier et, comme à chaque fin de semaine sans elle, l'adolescente trouve la maison bien calme. En outre, elle se sent légèrement triste en pensant que son grand-père s'en va aujourd'hui. En sa présence, sa mère lui a semblé moins distraite. Florence a peur que l'absence de Robert ne replonge Mélanie dans sa léthargie du mois d'août. Et qu'arrivera-t-il si la jeune fille a besoin de lui et doit attendre son retour – prévu dans dix jours – pour avoir ses conseils ? Le recours aux courriels n'est pas envisageable. En voyage, l'accès à Internet n'est pas toujours évident et son grand-père n'a que peu de temps libre…

Seule dans sa chambre, Florence s'approche de la fenêtre. La pluie étend un fin voile entre elle et les arbres. Aller chez Sébastien… C'est une idée qui l'obsède.

Quelle excuse trouver ? Elle aurait dû ne pas faire son devoir de math et lui quémander de l'aide. D'un autre côté, elle ne veut pas passer pour une nouille incapable de résoudre des problèmes appris en classe.

D'un tour de manivelle, elle ouvre le battant pour humer l'odeur de la terre, ravivée par l'eau de pluie.

Avant, ça aurait été facile. Elle y serait allée sans se casser la tête. Maintenant, elle craint que, sans une bonne raison, sans un paravent pour camoufler ses sentiments, Sébastien lise en elle et… et quoi ? Est-ce que ça serait si grave ? Pas s'il est sur la même longueur d'onde… Mais l'est-il ?

Cette semaine, elle a appris que l'Échalote s'appelle Frédérique. Elle joue au basket dans l'équipe féminine. C'est pour cette raison qu'elle était avec les gars après la réunion sur le sport étudiant, l'autre midi. Ils dînent souvent tous ensemble, Mylène, Jeff, Sébastien et elle-même. La Frédérique se joint parfois à eux, avec d'autres filles. Florence, en regardant tomber la pluie, se dit que Sébastien lui parle pas mal trop. Peut-être qu'elle imagine tout ça… Elle pourrait demander à Mylène ce qu'elle en pense, mais hésite. Comment la questionner sans qu'elle se doute de l'intérêt porté à Sébastien ? Florence n'est pas prête à mettre ses sentiments à nu devant son amie. Il y a assez de son grand-père à être au courant pour l'instant.

Pire encore, Sébastien est de plus en plus songeur, ce qui ne lui ressemble pas. Elle ne croit pas que ce soit à cause de Jeff, car celui-ci semble de bonne humeur, quoiqu'un peu triste. Non, c'est autre chose. Il bégaie quand elle vient lui parler, comme s'il avait quelque chose à cacher.

D'abord sa mère, puis Sébastien… Qu'est-ce qu'ils ont tous ? Soudain, un courant d'appréhension la parcourt : comploteraient-ils *ensemble* dans son dos ? Mais à quel propos ? Florence se torture les méninges. Qu'est-ce que sa mère et Sébastien pourraient bien avoir en commun ? Que lui cache-t-on ?

Un bruit, dans la cour voisine, l'arrache soudain à ses pensées. Elle s'étire et aperçoit Jeff qui s'escrime à ouvrir la porte du cabanon.

Quelle aubaine ! Il saura peut-être, lui, ce qui turlupine Seb…

Sans plus réfléchir, elle dévale l'escalier, enfile son coupe-vent au passage et pique une course jusque chez son voisin.

— Florence ? Qu'est-ce que tu fais là ? demande Jeff, surpris de la voir apparaître sous l'averse, essoufflée, les cheveux en bataille. Tu veux présenter ta candidature pour le ménage du cabanon ?

La jeune fille pose un pied aventureux à l'intérieur. C'est une remise énorme, pleine d'un bric-à-brac du genre filets à papillons et autres bidules entomologiques perdus parmi les vélos, les ballons et les articles de jardinage.

— Jamais ! dit-elle assez fort pour couvrir le bruit de la pluie qui crépite sur le toit. Ça prend tout pour que je fasse celui de ma chambre !

— Si on peut appeler ça un ménage.

— Très drôle… Je t'ai vu par ma fenêtre. Je voulais te parler. Es-tu occupé ?

Il fouille les tablettes des yeux tout en lui répondant :

— Je suis juste venu chercher l'engrais pour les plantes d'intérieur. Mon père pense que ma mère devait le ranger ici. On en avait dans un petit pot dans une armoire, mais il est vide. Tu m'aides ?

Ils trouvent effectivement le produit, rangé sur une tablette à côté de quelques pots de fleurs vides.

— Tu veux entrer pour parler ? demande Jeff.

— Et si on marchait, plutôt ? La pluie n'est pas si forte.

Florence remonte son capuchon, puis attend Jeff qui va porter l'engrais à son père. Dans la rue, ils parcourent quelques mètres en silence, et Jeff demande, tout bonnement :

— Est-ce que ta mère a des problèmes quelconques ces temps-ci ?

La question fait sursauter la jeune fille.

— Comme quoi ? Elle t'a parlé ?

— Non…, répond Jeff, hésitant. Je… en fait, c'est simplement que j'ai vu mon père la réconforter, hier.

— La réconforter ?

— Euh… ils se sont enlacés, puis Mélanie a paru confuse… J'étais un peu loin, je n'ai pas bien vu. J'étais curieux, c'est tout.

— Bienvenu dans le club ! soupire Florence. Je la trouve super étrange dernièrement et je me creuse la tête pour savoir ce qu'elle a… Elle était avec ton père ?

La machine à hypothèses se met en branle. Florence imagine sa mère et Luc, *enlacés*. Est-ce qu'il pourrait y avoir plus que des relations de bon voisinage entre eux ? Et depuis quand ? Se sont-ils rapprochés pendant la maladie de Carole ? Ce serait plausible : Mélanie passait souvent les voir, pour aider…

Sa mère, Sébastien, Luc… Quel est le lien entre eux ? Sébastien aurait-il surpris, comme Jeff, sa mère et Luc ensemble ? Depuis quand ? Yark… Pauvre Vincent, si c'est le cas… Et… oh non… Joanie ! Florence perdra sa petite sœur si jamais Mélanie quitte son conjoint !

Imaginer ces scénarios horribles lui vrille le crâne… La jeune fille presse ses longs doigts gelés contre ses yeux. Jeff s'inquiète :

— Ça va, Flo ? Je n'aurais pas dû te raconter ça, peut-être ?

— Au contraire ! s'empresse-t-elle de le rassurer. J'essaie juste de comprendre ce qui arrive à tout le monde ! Prends Seb, par exemple…

Elle lui dévoile à quel point Sébastien lui semble étrange, ces derniers jours.

— Ah non ! Pas encore…

— Quoi ? Qu'est-ce qu'il a ? presse-t-elle son ami, avide de savoir ce qu'il en est.

— Il doit encore s'en faire pour moi. Parle-lui, Flo. Dis-lui que tu m'as vu, parlé, trouvé bien, de bonne humeur, normal, quoi.

— Et c'est vrai, tout ça ?

Elle évite soigneusement les flaques d'eau tandis que Jeff fait exprès de marcher dedans. Ses vieilles espadrilles sont déjà détrempées, le bas effiloché de son jean, complètement imbibé. Il n'a pas pris la peine de mettre un manteau et semble se moquer de la pluie qui mouille ses cheveux. Les deux amis marchent en silence un moment, puis Jeff dit, en guise de réponse :

— Sais-tu ce que ça fait, Flo, un policier qui marche dans une flaque d'eau ?

— Non. Quoi ?

— Flic !

— T'es fou, Jeff !

— Justement. Comme toujours. Dis ça à Seb. Qu'il arrête de se morfondre. Je pense que même ma mère ne s'inquiétait pas autant pour moi !

Les blagues de Jeff font doucement sourire Florence. Cependant, une inflexion dans la voix de celui-ci la pousse à baisser son capuchon pour mieux le voir. Cessant de marcher, elle lève la tête et promène sur Jeff un regard pénétrant. Son t-shirt gorgé d'eau lui colle au corps, moulant ses épaules musclées. Ses cheveux blonds dégouttent sur son front. Même ses yeux gris sont humides…

— Tu ne me feras pas croire que t'as de la pluie dans les yeux, Jeff Beaulieu. C'est à moi que tu parles. Florence. Ton amie. Raconte-moi.

Elle le regarde se dandiner du haut de ses longues jambes, les mains dans les poches de son jean troué, le regard fuyant. Elle soupire et persiste, impatiente :

— Il pleut, Jeff, et même si je te trouve plutôt *sexy* dans tes vêtements mouillés, je n'ai pas envie de poireauter ici encore longtemps. Alors, tu me dis ce qui t'a fait pleurer, juste là ?

Jeff rit de bon cœur.

— Oh, oh ! *Sexy* ? Moi qui avais peur de faire pitié…

— J'ai réellement dit le mot *sexy*, hein ?

— N'essaie pas de le retirer : je sais que tu dis toujours ce que tu penses !

— Je ne retire rien, à la condition que tu me fasses aussi une miniconfidence !

— Merde, Flo… Vous êtes mes amis, murmure Jeff en tapotant dans une flaque d'eau du bout de son soulier. Vous me donnez le goût de rire, de blaguer comme *avant*. Et souvent, quand je dis quelque chose de drôle, que j'ai du plaisir à vous faire rigoler, je me sens coupable. C'est pour ça que j'avais les larmes aux yeux. La culpabilité. Je me dis que je suis en deuil, qu'il est trop tôt pour que j'aie le droit de plaisanter…

— *Merde* toi-même, Jeff ! (Florence le pousse dans le ventre et l'oblige à la regarder.) Depuis quand il y aurait un règlement à savoir quand on a le droit de rire ou non ? Surtout que ton sens de l'humour, il te vient en grande partie de Carole. Elle adorait te voir rire et elle était aussi fière de toi pour tes exploits sportifs que devant tes prouesses de clown de service ! Il n'y a qu'à penser à tous les costumes d'Halloween ridicules qu'elle concevait pour toi et qu'elle savourait de te voir porter avec aplomb !

Dépassée, Florence secoue la tête et en rajoute :

— Mon-ami-le-clown-*sexy*-qui-fait-pitié. Voilà ce que tu es. Et quant au droit de rire, le règlement, c'est toi qui le fais. T'es prêt ? T'es prêt. C'est tout. C'est bien *sexy*, faire pitié, mais j'aime aussi te voir de bonne humeur. Sauf que (elle lève l'index en l'air) t'as *aussi* le droit à la tristesse, et le droit de la partager avec nous. On ne demande que ça, être là pour toi. Allez, on rentre ! Je vais téléphoner à Sébastien, moi. Faut que je lui raconte ça !

Bon. Ça en priorité, et peut-être autre chose. Mais dans l'immédiat, le bonheur, c'est qu'elle a maintenant une excuse pour téléphoner à Sébastien-Choquette-son-amour !

Après avoir laissé Florence devant chez elle, Jeff marche à pas de tortue jusque chez lui. L'odeur de la pluie sur l'asphalte lui rappelle une séance de jogging de l'an passé où sa mère l'avait accompagné. Cette fois-là, il s'était mis à pleuvoir en milieu de parcours et ils étaient rentrés à la maison en riant, les vêtements plaqués sur le corps. Ça lui semble si loin, l'époque où sa mère était encore en forme…

Ces souvenirs qui surgissent à tout moment, lui gonflant le cœur d'une déchirante nostalgie, laissent Jeff amorphe, comme vidé d'énergie. Il souhaiterait tellement qu'il en soit autrement, que ces épisodes qui s'échappent de sa mémoire aient plutôt le pouvoir de le rendre heureux.

Il rentre à la maison mélancolique. Il enlève son t-shirt détrempé et le jette par terre où il se colle au sol, retire ses espadrilles et ses bas mouillés, puis s'avance vers la cuisine. Debout devant le comptoir, faisant dos à Jeff, son père semble abattu. Les mains à plat de part et d'autre de l'évier, la tête penchée, il ploie sous un invisible fardeau.

Légèrement inquiet, Jeff va s'accouder près de son père qui se retourne. Plonger son regard dans le sien, c'est comme s'examiner dans un miroir. La douleur qui perce les pupilles paternelles, il la croise chaque matin dans ses propres yeux ; c'est toujours à ce moment-là qu'il se compose une physionomie insouciante, destinée à son entourage.

— Pa ? À quoi tu penses ? demande Jeff, la gorge serrée.

Luc dévisage longuement son fils qui attend, sans rien dire. L'homme brise finalement le silence en murmurant :

— Je me disais que j'aimerais avoir le courage de te dire que ta mère me manque, là.

— C'est courageux, de me dire ça ?

— Oh oui ! Parce que je voudrais tellement que tu penses que je suis capable de tout faire seul, sans elle, mais la vérité est que je n'y arrive pas… Je pense que j'ai noyé une de ses plantes préférées.

— Noyé ! Comment ça se peut ?…

Soulagé d'avoir quelque chose de tangible à faire pour diluer son trop-plein d'émotion, Jeff évalue les dégâts d'un coup d'œil. Au fond du lavabo, une plante d'intérieur repose, hors de son pot, la terre humide encore amalgamée autour de ses racines toutes flasques. Jeff tapote les filaments d'un index prudent, une grimace sceptique aux lèvres.

— Je l'ai arrosée tous les deux jours depuis un mois…, explique son père, laconique. Je suis biologiste, pas botaniste…

— Tu y es juste allé un peu fort sur l'arrosoir… Tu la prenais pour une alcoolique ? Visiblement, elle a bu un coup de trop…

— On en fait quoi ?

Jeff soulève la pauvre plante par ses racines pourries.

— C'est trop tard. Je pense bien qu'elle est morte. Elle va tenir compagnie à maman… Vois ça comme une bonne affaire, pa.

Son père sourit malgré ses yeux humides.

— Oh… Jeff… Y a que toi pour dire ça ! Qu'est-ce que je ferais sans toi ?

Jeff laisse tomber la plante dans l'évier et étreint longuement son père. L'émotion cogne dans sa poitrine, pique ses paupières. Luc s'accroche à lui et le réconforte tout à la fois.

L'absence de Carole remplit la pièce.

— Écoute, pa, dit doucement Jeff. Voilà ce que je propose : je t'aide avec les plantes et tout le reste, et tu viens jogger avec moi de temps en temps. Ça te va ?

— On peut essayer, mais je ne suis pas meilleur pour l'entraînement que tu ne l'es avec les plantes…

— Je sais. Mais il faudra bien s'en accommoder.

Jeff prend une pause avant de continuer sur le même ton altéré par le chagrin :

— On a tous besoin d'aide, moi non plus, je n'y arrive pas seul… Sans parler des pauvres végétaux de la maison…

Luc serre de nouveau son fils contre lui avant de murmurer :

— Merci… Merci de me rappeler qu'on est ensemble dans cette galère…

Gâchis

Je ramasse les dégâts causés par ton mari, maman. Mon père. Je l'ai encore, lui. Et ensemble, on va ramasser les dégâts que TU as causés. En partant. Il a perdu sa femme, lui. Et moi, il ne me reste qu'un seul parent, alors je pense que je vais m'en occuper.

Ce qui m'amène à penser à Florence. Elle n'a que sa mère. Et je me dis soudain que je ne lui ai jamais demandé comme elle vit ça, le fait de n'avoir qu'un parent, elle…

Le lendemain, c'est un Sébastien plus qu'heureux qui reçoit un appel de Florence.

— Il faudrait que je te voie, Seb.

— Tu t'ennuies tant que ça ?

— J'avoue. Je n'en peux plus depuis hier…

Elle a répondu en riant comme d'habitude, de sa voix chantante. Ils se sont toujours taquinés sur ce ton-là. La différence, depuis quelque temps, c'est que Sébastien est de plus en plus sérieux dans ses remarques, lui…

Ils conviennent d'aller marcher. Sébastien s'empresse de proposer qu'ils empruntent le sentier derrière chez Florence. Le boisé le tente pour l'intimité qu'il procure, au cas où le courage lui viendrait… Il a hâte d'y être pour savoir de quoi Florence veut lui parler. Il s'est même imaginé que peut-être, elle souhaiterait aborder le sujet de leur relation…

Pas de chance ! Après quelques pas dans le sentier humide, elle commence :

— J'ai vu Jeff, hier.

Horreur… Mauvais début. Ils se sont vus pourquoi ? Afin d'éviter que la jalousie qui monte en lui ne transparaisse dans son attitude et ne trahisse ses sentiments, Sébastien dit la première chose qui lui passe par la tête :

— Décidément, ça te fait bien, les cheveux courts.

Elle sourit en y portant automatiquement la main.

— Merci.

Il sourit aussi, vu qu'il ne peut pas parler, trop occupé à avaler sa salive. Avant, c'était si facile de parler à Florence, dans le temps où elle ne lui faisait pas cet effet-là. Maintenant, il se sent complètement légume, tout juste bon à garnir les étalages du supermarché. Ils continuent d'avancer tous les deux dans le calme de la forêt. Sébastien met un pied devant l'autre, mais comme au prix d'un extrême effort. La marche, ce n'est pas ce que réclame son corps. Non. Il voudrait plutôt caresser les cheveux de Florence, animés de légers reflets sous la lumière tamisée par le feuillage. Il rêve de l'embrasser, de sentir contre ses joues les mèches effilochées qui le fascinent tant.

Florence brise soudain le silence, interrompant ses fantasmes.

— Jeff voulait que je t'assure qu'il va bien…

— Hein ? De quoi parles-tu ? D'où ça sort, ça ?

— Je lui ai dit que je te trouvais soucieux et il pense que c'est à cause de lui.

Double horreur. Je devrais le lui avouer : « J'ai l'air distrait parce que je pense trop à toi. » Mais je n'arrive bien sûr qu'à me taire.

Cueillant une herbe folle pour la mâchouiller, Sébastien suit plutôt la seule voie sensée :

— C'est vrai que je trouve que Jeff n'est pas dans son assiette. J'aimerais bien pouvoir lui changer les idées. Il m'a dit vendredi qu'il allait mieux, parce qu'il arrive parfois à passer une heure complète sans penser à sa mère. Tu imagines ?

Immobile au milieu du sentier, Florence saisit toute la détresse qu'inspire cette simple remarque. Dans le regard de Sébastien, elle peut lire la sollicitude pour son ami, sincère et rassurante. Il sera toujours là pour Jeff, comprend-elle, et elle ne l'en aime que davantage pour cette raison. Avec toutefois une pointe d'envie, car elle aimerait qu'il se fasse autant de souci pour elle… Ça viendra peut-être. Pour l'instant, elle s'imagine les tourments de Jeff et se tourne vers Sébastien, les yeux pleins d'eau. Spontanément, il passe un bras autour d'elle, un peu gauche, regrettant de lui causer autant de peine en lui ayant rapporté les paroles de Jeff. Elle appuie sa tête contre son épaule un petit moment. Ses cheveux sentent bon. Finalement, il ne regrette pas tant que ça d'avoir parlé… Elle s'essuie les yeux.

— Je suis d'accord. Une heure de répit par-ci, par-là, ce n'est pas assez. Ça urge de lui changer les idées. Surtout après ce qu'il m'a raconté.

Debout, elle s'appuie contre un tronc d'arbre, croise les bras derrière le dos et met ses mains sur ses reins, comme pour se faire un petit coussin. Sébastien l'écoute tandis qu'elle lui résume l'essentiel de sa conversation avec Jeff à propos de son sentiment de culpabilité.

— Tu vois que j'ai raison d'être *soucieux*, comme tu dis…

Tout en affirmant ça, Sébastien a conscience que sa voix est mal assurée. Il aurait préféré être capable de balancer l'une des répliques imaginées dans son esprit pour dévoiler ses sentiments à Florence. Il a la confirmation d'être un bien piètre menteur quand elle le regarde, des points d'interrogation dans les yeux.

— Quoi ? demande-t-il, l'air naïf. Qu'est-ce qu'il y a ?

— Je pense que, comme Jeff, tu me caches quelque chose.

— Tu penses que je mens ?

— Que tu ne me dis pas tout.

— Tu devrais proposer tes services au poste de police. Ils pourraient jeter leurs détecteurs de mensonges.

— Ça veut dire que tu avoues ?

Il rit.

— Je n'avoue rien. Parfois, je pense réellement à Jeff.

— Et les autres fois ?

— Je te le dirai plus tard. Ce n'est rien de grave. On arrive à la cabane. J'ai apporté du chocolat !

— Très bonne tentative de diversion. Sors-le, ton chocolat !

Dans leur refuge, Sébastien se sent en paix, avec Florence. Assis face à face à même le plancher, ils s'amusent à se coller les pieds ensemble tout en grignotant une Kit Kat. L'adolescent a dû ouvrir au moins trois fois la bouche pour déclarer à son amie quelque chose du genre de « *Je suis bien avec toi* », mais n'est pas parvenu à se décider, encore une fois.

En plus d'être un mauvais menteur, je suis le pire poltron de l'histoire... Et si Jeff pense à sa mère autant que moi à Florence, ça va être tout un contrat de lui changer les idées !

Exactement une semaine plus tard, Sébastien jubile. Non, il n'a pas rassemblé le courage de parler à Florence, mais il a trouvé une idée pour distraire Jeff. Tout convaincu qu'il est que son plan peut fonctionner, il hésite cependant à mettre son amie dans la confidence.

Assis à sa table de travail, dans sa chambre, il vient de terminer un devoir à remettre le lendemain, lundi. Après avoir fourré ses livres dans son sac, il se laisse tomber sur son lit pour repasser en mémoire les événements qui l'ont mené à cet éclair de génie.

Vendredi soir, au Naturama. Sébastien s'y revoit encore. Il est au comptoir, accueillant les clients, quand, soudain, il voit entrer Frédérique. Sans quitter son poste, il la salue.

— Ah! Sébastien?

Elle s'approche tout en parcourant le magasin du regard.

— Tu cherches quelque chose?

— Je… euh… Des épingles pour piquer des insectes. Tu en as?

— Sûr.

Elle bavarde en le suivant dans les allées.

— Je suis surprise de te voir ici. J'avais cru voir Jeff la dernière fois, par là.

Elle indique la porte de l'arrière-boutique où sont entreposées les caisses.

— Le magasin appartient à sa famille.

— Et tu travailles ici aussi?

— Plus que lui, en fait. Il donne parfois un coup de main dans l'entrepôt. Moi, j'aime mieux servir les clients puisque je connais bien le matériel.

— Ah.

L'attitude de Frédérique intrigue Sébastien. Elle semble désorientée, un peu nerveuse, alors qu'à l'école, elle est plutôt sûre d'elle. Pendant qu'elle passe à la caisse, il s'informe :

— Tu te montes une collection ?

— Oh non. C'est pour mon petit frère. Je lui ai acheté une boîte pour attraper des insectes, ici, pour son anniversaire. C'est la fois où j'ai vu Jeff. Depuis, il a décidé de piquer ses captures, mais ce n'est pas fameux avec les épingles à couture de ma mère !

Puis, elle est partie. C'est pendant qu'elle s'éloignait que Sébastien a mis le doigt dessus : il aurait juré que Frédérique était *déçue*. Tout s'est mis en place au moment où la porte se refermait sur elle. Comme dans un kaléidoscope, il l'a vue les rejoindre à l'entrée des cours, s'asseoir avec eux le midi, s'intéresser à leurs pratiques de basket et surtout, fouiller les allées du regard à la recherche de... Jeff ! Il en mettrait sa main au feu !

C'est ça qu'il faut à Jeff pour le remettre sur le piton : une blonde ! Frédérique a un œil sur lui ! Toujours étendu sur son lit, Sébastien fixe le plafond sans le voir. D'autres images du vendredi défilent plutôt devant ses yeux…

… Il vient à peine de se remettre à travailler que Florence fait irruption à son tour dans la boutique ! Les yeux baissés sur le bordereau de dépôt, il ne voit pas que c'est elle qui est entrée. Avec le recul, il se dit qu'il a dû avoir l'air fou. D'abord, il l'entend dire :

— Salut, Seb.

Il lève les yeux pour constater que :

❶ C'est Florence.

❷ Elle est resplendissante.

❸ Le maudit comptoir les sépare.

❹ Elle lui a dit il n'y a pas si longtemps que ce n'était pas le bon moment pour Jeff d'avoir une blonde. (Et peut-être se voit-elle même dans le rôle, éventuellement…)

Horreur !

— Salut ! lance-t-il d'un ton faussement désinvolte. Tu viens m'aider à fermer ?

Elle passe derrière le comptoir. À côté de lui, elle se met à compter les billets de vingt dollars sans rien dire. Lui, pauvre cloche, trouve qu'elle sent bon, que ses longs doigts agiles sur la monnaie auraient fière allure mêlés aux siens... Bref, il n'arrive pas à distinguer les nombres sur le bordereau qu'il échappe même par terre. Il rit nerveusement, disant adieu du même coup à son air détendu... Il voudrait expliquer à Florence son idée pour Jeff, partager avec elle son excitation, mais n'ose pas...

Si Florence veut Jeff pour elle ou qu'elle pense toujours qu'il n'est pas prêt, comme elle dit, elle va me refroidir les ardeurs. Alors, je garde mon idée pour moi. Pour l'instant.

En quittant son lit, Sébastien prend tout de même une décision.

Je vais au moins observer Frédérique, cette semaine, pour voir si j'ai raison. Est-ce que ça ne serait pas merveilleux que ça marche ? Ça vaut la peine de passer du temps avec elle !

CHAPITRE 6

Encore deux jours avant que son grand-père ne revienne. Florence compte les heures. C'est dimanche soir et sa mère, qui s'était comportée normalement ces derniers jours, vient de remettre ça. Ils regardaient un film au salon quand, vers le milieu de la séance, ses yeux se sont rivés sur Vincent et Joanie pendant au moins quinze bonnes minutes. Il n'y avait rien à voir de particulier. Juste que Jo semblait super bien, blottie sur son papa. C'était beau de les voir, mais pas au point de délaisser l'écran aussi longtemps…

— À quoi tu penses, maman? a-t-elle chuchoté.

Semblant revenir de loin, Mélanie l'a longuement dévisagée en silence avant de répondre sur le même ton:

— À rien de spécial. J'étais juste dans la lune…

Florence s'interroge. Mélanie semblait rêveuse, nostalgique. Était-ce là le visage de quelqu'un qui s'apprête à laisser son conjoint ? Peut-être se disait-elle que c'était un bon gars, un bon père, qu'elle devrait y repenser à deux fois… Peut-être était-elle en pleine tergiversation avec elle-même ? Quoi qu'il en soit, être dans la lune, Florence peut comprendre. Sans doute a-t-elle elle-même cet air-là en pensant à Frédérique-l'Échalote. Il s'est passé quelque chose, vendredi soir, avec elle, et ça l'a chicotée toute la fin de semaine. En fait, chicotée, c'est peu dire. La vérité, c'est qu'elle est morte de trouille. Même après quarante-huit heures, l'événement la hante, se superposant au film.

Elle revenait d'un rendez-vous chez le dentiste avec Mélanie. Elle avait demandé à sa mère de la déposer au Naturama, pour pouvoir rentrer ensuite à pied avec Sébastien, après la fermeture. Comme la voiture venait de repartir, Florence a croisé Frédérique dans le stationnement. Elle sortait sûrement de la boutique, puisqu'elle avait un petit sac au logo caractéristique à la main.

— Salut, Florence !

— Qu'est-ce que tu fais là ?

Elle a été un peu sèche, mais sa présence l'avait surprise.

— Oh… Je suis passée acheter une bricole.

Elle a désigné son sac d'un geste évasif. Trop évasif. On va acheter une bricole au Dollarama, pas dans une boutique de sciences naturelles. C'était louche.

— J'ai vu que Sébastien travaille ici !

— Oui. Ça fait longtemps.

Une remarque qui lui donnait l'occasion de montrer qu'elle en savait beaucoup sur lui. Plus qu'elle. L'Échalote a continué :

— Il est super fin, je trouve, Sébastien.

— Oui. C'est vrai.

— Alors, salut ! À lundi !

Mal à l'aise, Florence a regardé partir Frédérique, une boule dans le ventre. Avant d'entrer à son tour, elle a essayé de comprendre le passage à la boutique de cette fille : soit elle avait un besoin réel, soit elle savait déjà que Sébastien travaillait là et c'était un prétexte pour le voir.

Elle a passé la porte après ces réflexions, le visage neutre. Sébastien l'a accueillie d'un visage hagard. Il travaillait avec des gestes fébriles qui dénotaient une certaine nervosité. Et ce qui l'a effrayée plus que le reste : il ne lui a pas glissé un seul mot sur le passage de l'Échalote. Il l'aurait sûrement mentionné si ça n'avait été qu'une visite anodine.

Quelle conclusion doit-elle en tirer ? Elle se demande quel scénario explique le mieux les airs égarés de Sébastien : soit il lui cache une relation surprise entre sa mère et Luc, soit il est amoureux de l'Échalote… Ou les deux ? Une chose est sans équivoque : ce qui la toucherait davantage, elle, serait la seconde éventualité. Elle grogne d'impatience, tenaillée par un impérieux besoin d'agir. Que faire ? Son grand-père lui a dit de laisser aller les choses, mais il y a une limite, non ?

Trop absorbée par ses réflexions pour continuer à écouter le film, Florence l'abandonne au profit d'une douche réparatrice. En sortant de la salle de bain, elle passe devant la chambre de sa mère. Bizarrement, celle-ci est assise sur son lit et consulte le bottin téléphonique.

— Maman ? Votre film est déjà fini ?

Mélanie sursaute, ferme l'annuaire sans égard pour les pages qui se replient à l'intérieur, et lève les yeux vers sa fille.

— Je… euh… Je cherchais un numéro pour Vincent… Je descends le rejoindre à l'instant.

Un numéro *pour* Vincent… Ça avait plutôt l'air d'un numéro dans son dos…

— Tu veux que je t'aide ? propose Florence d'un ton qu'elle veut léger. Ça irait peut-être mieux sur Internet. Tu cherches quoi, au juste ?

— Oh, rien de bien important ! bafouille Mélanie qui ramasse rapidement le bottin et quitte la chambre en trombe.

Restée en plan dans le corridor, l'adolescente s'interroge. Si sa mère avait réellement cherché un numéro pour Vincent, elle s'y serait mise près de lui, au salon, où se trouve justement l'annuaire téléphonique. Que leur cache-t-elle ? Vivement que son grand-père revienne !

Jamais Florence ne se serait doutée que les quarante-huit heures passées dans l'attente de son confident auraient été aussi pénibles…

Le mardi, en quittant l'école, elle n'en peut plus. La veille, elle a essayé de se raisonner, de se dire que son imagination s'emballait, mais là, ça devient aussi évident que le trou dans la couche

d'ozone : Sébastien n'a d'yeux que pour l'Échalote. Il passe tout son temps à la regarder. Et ça
ne cadre pas avec les plans de Florence…

En route vers l'arrêt d'autobus avec son amie
Mylène, Florence n'arrive pas à soutenir une
vraie conversation. Elle l'écoute d'une oreille
distraite, le bout de l'index dans la bouche.

— Flo…, commence son amie en lui attra-
pant la main. T'avais arrêté de te ronger les
ongles ! Regarde-toi les doigts ! Ça commence à
faire dur !

Arrivée à destination, Florence dépose son
sac entre ses jambes et prend conscience des
dégâts. Trois ongles en voie de disparition sur la
main droite. Mauvais signe…

— C'est à cause de ma mère…, explique la
jeune fille ne mentant qu'à moitié, convaincue
qu'elle est de la nécessité de cultiver en cachette
ses sentiments pour Sébastien. Elle a recommencé
à se comporter bizarrement et ça m'inquiète.

— Il va falloir que tu fasses quelque chose
avant de passer à la main gauche. Parle-lui, c'est
simple.

— J'essaie. Elle m'évite. Je vois grand-papa ce
soir ; il vient souper. Je vais lui en glisser un mot.

— J'espère qu'il va réussir à te calmer, sinon, adieu les beaux ongles !

Super-grand-père saura tout arranger, se dit Florence, optimiste. Après une discussion avec lui, sa mère va revenir à la raison. Sébastien verra bientôt que Frédérique n'est pas pour lui, et ses ongles repousseront en un rien de temps. C'est parfait.

Même les plans les mieux échafaudés peuvent foirer…

Il ne reste rien de la belle attitude positive de Florence quand elle rentre de l'école, le mercredi. Oui, elle a vu Robert. Oui, il a réussi à la tranquilliser un peu. Il lui a dit de se fier au jugement de Mélanie, qui lui parlerait de son propre chef au besoin. Concernant Sébastien, il lui a conseillé de travailler sur sa patience… Elle s'est couchée sereine, confiante en l'avenir. Sa journée a donc bien débuté. C'est à la fin des classes que ça a commencé à mal tourner.

Florence a voulu attendre Sébastien après sa pratique de basket pour revenir de l'école avec lui. Jeff aurait bien sûr pris le même autobus ; ils n'auraient pas été seuls, mais c'était mieux que rien… Et ça aurait prouvé son intérêt : elle sent le besoin urgent de se mettre en valeur.

Elle a donc passé l'heure d'attente à la bibliothèque. Elle pensait y faire ses devoirs, mais la concentration la fuyait. C'est plutôt en rêvassant qu'elle a écoulé le temps. Après, elle s'est dirigée tranquillement vers les gymnases pour surveiller la sortie des joueurs. Elle était encore loin au bout du corridor quand elle a vu Sébastien surgir par les portes battantes menant aux vestiaires d'éducation physique. Elle allait crier son nom quand il s'est retourné vers la porte, la tenant ouverte tout en faisant signe à quelqu'un, toujours à l'intérieur, de se dépêcher. S'attendant à voir arriver Jeff, Florence a reçu tout un choc en constatant que c'était Frédérique qui faisait irruption. En riant, ils sont partis à la course vers l'autre extrémité du couloir, pour atteindre la sortie en direction du stationnement. Ils avaient l'air de se sauver comme des enfants qui ont fait un mauvais coup. Sébastien tendait sa paume ouverte vers Frédérique tout en courant, comme s'il s'attendait à ce qu'elle lui donne la main. Ils sont partis sans voir Florence, figée au coin du corridor.

C'est à ce moment-là qu'elle l'a réellement éprouvé pour la première fois… Quel sentiment difficile à nommer ! Comme une douleur qu'elle ne pouvait pas identifier puisqu'elle ne venait de nulle part. Enfin, pas de l'extérieur, comme l'aurait fait un coup, une brûlure ou une coupure. Non. Elle grandissait plutôt en elle, aiguë, dérangeante, invisible, mais tellement vive. La jalousie. Voilà. Quel mot affreux. Quel mal affreux.

Comme elle aimerait ne pas avoir de bonnes raisons d'être jalouse, se dit maintenant Florence en rentrant à la maison, au terme d'un éprouvant voyage en autobus pendant lequel elle s'est retenue de pleurer tout le long. Mais ce dont elle a été témoin lui enlève tout doute. Sébastien aime Frédérique. L'aime bien. L'aime au moins un petit peu. En tout cas assez pour s'éclipser avec elle. Pour lui donner la main...

Seule à la cuisine, la jeune fille s'assoit au comptoir où, la tête entre les mains, elle donne libre cours à ses larmes. Lorsqu'elles se tarissent enfin, son regard mouillé tombe sur la lasagne qui dégèle et qu'elle doit mettre au four. Elle se lève en soupirant et s'occupe d'enfourner le plat, se rappelant que sa mère arrivera bientôt... Si elle la voit dans cet état, ce sera la grande Inquisition... Déjà que ces jours-ci, l'adolescente a l'impression que Mélanie passe son temps à la dévisager, à l'observer, à l'épier. Et surtout, que mille questions se bousculent derrière ses lèvres, ce qui agace profondément Florence. Elle est en âge d'avoir une vie privée, non ?

Bon… Un peu d'eau froide pour remédier à la rougeur aux yeux, ça ira. Mais comment calmer la fureur déclenchée par la jalousie ? Un peu de guitare, peut-être ? Non, dans l'état où elle est, ce serait risquer de péter une corde… À éliminer aussi, le *scrapbooking* : elle gaspillerait son papier à faire des collages de têtes de mort… Pas question de se mettre à ses devoirs dès maintenant.

Finalement, elle attrape son *iPod* et une revue, puis s'en va lire sous le frêne. Octobre n'est pas encore là que déjà, les feuilles de son arbre préféré ont envie de jaunir. Adossée au tronc râpeux, Florence se casse le cou pour contempler le feuillage. Vert. Jaune. Que dit l'expression ? *Vert* de jalousie ou *jaune* de jalousie ?

Maudite jalousie, décide-t-elle amèrement, la revue ouverte à l'envers entre ses mains aux ongles mutilés.

Tandis que sa fille s'installe dehors, Mélanie se stationne dans la cour après un saut au marché. Une savante jonglerie lui permet d'attraper à la fois sa tasse thermos qui traîne entre les deux sièges de la voiture, sa serviette de cuir, son sac à main et ses achats. La laitue qu'elle vient de se procurer menace de sortir du sac, coincé sous son bras. Gardant tant bien que mal le tout contre elle, elle sort du véhicule. D'un coup de hanche adroitement placé, elle envoie valser la portière qui se referme. Les talons des chaussures claquent sur l'asphalte jusqu'à la maison, où Mélanie les retire avec délices avant de déposer son bazar sur le comptoir de la cuisine.

— Florence ! Je suis là !

Une brève inspection rassure Mélanie : la lasagne est au four. Sa fille, qu'elle voit par la porte-fenêtre, semble relaxer. Vincent sera là sous peu avec Joanie ; elle a le temps de concocter tranquillement une petite salade avant que tout ce beau monde la rejoigne.

Merveilleux ! pense-t-elle en rinçant les feuilles de laitue. Quand elle réussit à organiser sa vie aussi efficacement, Mélanie est toujours satisfaite d'elle-même. Une journée de travail qui a été productive, une arrivée à la maison à une heure raisonnable, un bon souper vite cuisiné et, surtout, elle a entrepris aujourd'hui une démarche qui la soulage un peu de ses récents tourments. Un peu, car ce n'est qu'un pas vers une pénible décision qu'elle devra éventuellement prendre... et seule. A-t-elle bien fait? se demande-t-elle, encore assaillie par le doute.

Pendant que la laitue s'égoutte dans l'essoreuse, Mélanie va se camper au bord de la porte-fenêtre et observe Florence. Il est évident qu'elle n'est pas dans une forme reluisante. Son front est plaqué de rouge comme si elle venait de pleurer... Le décès de Carole les a tous affectés, et la peine ressentie ne s'estompe pas encore, six semaines après... Mélanie adorerait savoir à quoi pense sa fille en cet instant, les genoux remontés, les yeux fermés. Mais la jeune adulte qu'elle devient se livre moins facilement que l'enfant qu'elle était. Toutefois, il y a des signes qui ne trompent pas, qui prouvent à Mélanie que sa fille traverse une mauvaise passe... Ses ongles rongés, par exemple, lui crèvent le cœur. Et là, à la regarder, réfugiée au pied de l'arbre, Mélanie comprend qu'elle a bien fait de donner ce coup de téléphone, ce matin. Mettre son plan en branle est ce qu'il y a de mieux pour Florence...

Rêves

Je retire mes paroles, maman. Rêver de toi, c'est pourri. Oh, le rêve en tant que tel était merveilleux. Il y avait longtemps que je ne m'étais senti aussi bien, aussi normal. On chantait bon anniversaire à papa. Tu sais qu'il vieillira bientôt d'un an et ça m'obsède de devoir le fêter sans toi. Et je n'ose même pas penser à ce qui vient juste ensuite : ton anniversaire à toi... Donc, j'étais debout dans ton dos et je te serrais doucement contre moi. J'avais le nez dans tes cheveux ; je pouvais les sentir.

Quand la sonnerie de ma montre m'a tiré du sommeil, ton odeur flottait encore quelque part dans les limbes de mon cerveau. J'étais au nirvana. Je ne sais pas comment l'expliquer ; je me trouvais dans le confort le plus total, léger, comme en état d'apesanteur.

Ça n'a pas duré. Le réveil m'a cruellement arraché à toi. Mon oreiller entre les bras, j'ai repris un contact brutal avec la réalité.

C'est toujours là que je suis. Ballotté par d'immenses vagues de découragement qui me gardent cloué à mon lit.

J'ai le cœur en charpie. Taillade. Ça fait si mal ! Je m'étais attendu à souffrir de ton départ, maman.

Mais jamais autant.

Je me roule en boule et remonte les genoux sur ma poitrine. L'oreiller serré contre moi, j'essaie d'empêcher mon cœur de se déchirer davantage.

Je me berce doucement dans mon lit pour endormir la douleur. Je me laisse infuser par la réalité, à petites doses.

L'autre réalité.

Celle où tu n'es plus. Celle où la vie n'a plus de saveur. Ma vie à moi, qui doit continuer.

Calmé, mais couvert d'invisibles cicatrices, j'émerge des eaux sombres.

Samedi ? Basket ! Vite !

Sébastien sourit en sortant de la douche : ils ont gagné leur match ! L'ambiance dans le vestiaire est festive. Même Jeff s'est remis à faire le clown avec conviction. Vêtu seulement d'un boxer bleu au logo de Superman, il a noué sa serviette à son cou en guise de cape et saute d'un banc à l'autre, le poing brandi tel le super héros, et scande :

— Go, les Aigles, go !

La bonne humeur de Jeff se reflète sur toute l'équipe, remarque Sébastien d'un simple regard à la ronde. Les gars s'amusent franchement, le vestiaire se vide au son des blagues et des éclats de rire.

Jeff et lui se retrouvent seuls, bons derniers. La situation rappelle à Sébastien un jour où, comme aujourd'hui, ils s'étaient retrouvés sans les autres dans les vestiaires du gymnase, à l'école. Il se souviendra longtemps des paroles exactes prononcées par son ami alors qu'il remontait la fermeture de son sac de sport :

— Elle ne rentrera pas, Seb, finalement.

C'était le cours juste avant le dîner. Sébastien a regardé Jeff sans bouger, son propre sac sur l'épaule. Il se répétait la phrase, l'assimilait, comprenait enfin de quoi son ami voulait parler. Carole. Mourante.

— Oh… Jeff… Non…

Une désagréable lourdeur venait de lui tomber dessus. Comme si la gravité attirait tous ses membres vers le sol. Jeff devait savoir ça depuis la veille. Il fallait qu'il en ait eu, du courage, pour venir quand même à l'école. Cette nouvelle lui avait sûrement tourné dans la tête tout l'avant-midi. Il devait avoir une boule sur le cœur au moins dix fois grosse comme la sienne. Ça l'a vraiment impressionné qu'il réussisse à être là. Debout. À l'école. Fonctionnel…

Et ça l'impressionnait toujours que son ami ait la volonté de se lever, jour après jour, de passer outre à une détresse souvent palpable pour affronter la vie avec bonne humeur…

Car il n'est pas dupe des bouffonneries de Jeff. Des soupirs, des regards perdus, des gestes parfois pesants trahissent son état d'esprit. Sébastien est vraiment heureux d'avoir mis le doigt sur quelque chose de concret à réaliser pour sortir Jeff du marasme qu'il refuse d'étaler au grand jour. Son petit projet Jeff-Frédérique lui donne des ailes.

Ça se déroule à merveille ! Mercredi, après le basket, ils se sont rejoints, Frédérique et lui. La pratique des filles se termine habituellement en même temps que la leur, mais l'entraîneuse, coach Martinez, n'en finissait plus de parler à ses joueuses… Sébastien était pressé, puisqu'il avait raconté à Jeff qu'il devait partir vite après la pratique pour un rendez-vous chez l'optométriste. Il n'aurait pas fallu qu'il le surprenne à s'en aller avec Frédérique ! À elle, il n'avait rien dit, sauf de se dépêcher et de lui faire confiance. Ils ont couru comme des fous hors de l'école par la porte arrière.

Pour parler tranquilles, ils ont marché jusqu'au bureau du père de Sébastien, qui les

ramènerait ensuite à la maison. Leur conversation a été des plus intéressantes :

— Je m'excuse de t'avoir fait courir. Je ne
voulais pas que Jeff nous voie partir.

— Pourquoi ?

— Parce que je veux te parler de lui… Tu le
trouves de ton goût, n'est-ce pas ?

Frédérique s'est alors arrêtée une seconde,
fermant les yeux, puis s'est mise à rire.

— Ouf !

— Quoi, *ouf* ?

Ils ont repris leur marche sous le timide
soleil de fin de journée.

— J'avais peur que… que tu veuilles, toi,
sortir avec moi. Ce rendez-vous secret…

Sébastien a ri avec elle. La glace était rompue.

— Alors, j'ai raison, pour Jeff ?

Elle regardait ses espadrilles fouler le trottoir
jauni. Quelques pas en silence pour mieux rassembler ses idées.

— Ben… oui. C'est juste que…

— Que quoi ?

— Bien… Comme il vient de perdre sa mère, et que je ne le connais pas trop, je ne veux pas être envahissante.

— Je vais t'aider, moi !

— Pourquoi ferais-tu ça ?

— Pour aider Jeff. Il a grandement besoin de penser à autre chose qu'à sa mère, justement.

— Tu crois que ça pourrait marcher, lui et moi ?

— Je vais essayer de lui en parler.

— Ne lui dis pas que je cours après lui !

— Non, non. Je vais juste tenter de savoir s'il te trouve sympathique. Si jamais il ne peut pas te sentir, on arrêtera ça là.

La mine déconfite de Frédérique a poussé Sébastien à lui donner un coup de coude. En attendant le signal du passage piétonnier, il a poursuivi :

— Je plaisantais. C'est sûr qu'il ne sera pas aussi catégorique ! Alors, es-tu partante ?

— Parle à Jeff, comme tu dis. On verra pour la suite.

Elle lui a adressé un sourire chargé d'espoir.

Et là, en quittant les vestiaires aux côtés de son ami, Sébastien se dit qu'il aimerait beaucoup que ça fonctionne. Ça serait super. Pas juste pour Jeff, mais pour Frédérique aussi, qu'il commence à beaucoup apprécier.

CHAPITRE 7

— Cette semaine, j'ai travaillé en équipe avec Frédérique, en anglais. Tu vois de qui je parle, Flo ?

Si elle sait !

— Oui, oui, assure-t-elle. La grande qui dîne parfois avec nous.

Elle a presque laissé échapper « la grande échalote », mais s'est reprise à temps. Sébastien continue :

— J'ai découvert qu'elle est vraiment sympathique !

Avoir su que Sébastien allait placer l'Échalote sur un piédestal, Florence ne les aurait pas invités, lui et Jeff, à venir prendre un verre de thé glacé dehors après leur partie de basket. Elle qui pensait pimenter son samedi de la présence de Sébastien-son-amour-secret, elle commence à regretter son geste.

Elle aurait voulu éteindre la petite lueur qui s'est allumée dans les yeux de Sébastien. Ou mieux, elle aurait souhaité en être la cause. Et voilà que Jeff y met du sien :

— C'est vrai qu'elle est drôle. Elle est toujours de bonne humeur.

C'est sûr ! La Frédérique fait sa fine dès que Sébastien est dans les environs. Tandis que l'étau de la jalousie presse le cœur de Florence comme un pauvre citron, Jeff poursuit sur sa lancée :

— Et tu l'as vue, au basket ? Elle *dunke* du tonnerre !

Dans les yeux de Sébastien, ce n'est plus une lueur qui danse, mais une flamme… Il est aux anges. Florence, elle, essaie de rester impassible, son verre entre les mains. Elle tente de respirer, d'ignorer ce qui la gruge par en dedans. De son citron, il ne reste que la pulpe…

Jamais il ne lui viendrait à l'idée d'être jalouse des pimbêches hyper maquillées aux gilets moulants, parce que jamais Sébastien ne s'y intéresserait. Ce n'est pas son genre. Mais une athlète sympathique aux goûts écologiques, ça, c'est dangereux. Elle est belle, en plus. Sa chevelure noire, par exemple, est si brillante que la sienne a l'air d'une perruque en comparaison. Difficile d'entrer en compétition avec Blanche-Neige quand ses cheveux à elle sont d'une couleur incertaine. Ni blonds ni bruns. Châtains, dit-on. Des mèches d'un genre de roux indéfinissable sont mêlées à ça. Désespérant. Et ça retrousse de partout depuis qu'ils sont courts.

Florence a soudainement envie de laisser les gars à leur thé glacé pour rentrer casser les miroirs de la maison…

Lundi. Début de semaine. Début d'octobre. Début d'une belle histoire entre Frédérique et Jeff ?

Sébastien se sent très optimiste : Jeff a répondu au-delà de ses attentes aux remarques lancées sur Frédérique, en fin de semaine. Et même si Florence, elle, n'a pas saisi la perche, ce n'est pas grave, il s'arrange bien tout seul ! Il avait un peu espéré que, devant ses allusions, elle additionnerait deux plus deux et viendrait lui en parler après pour l'encourager dans sa démarche, mais non. En revanche, il est doublement enthousiaste, parce que rien ne semble changé entre Jeff et Florence. Aucune étincelle. Il s'est sans doute fait des idées sur ces deux-là.

L'esprit tranquille, il peut se concentrer sur la réalisation de son plan. C'est dans cette optique qu'il a prétexté un travail d'équipe à finir pour inviter Frédérique chez lui après l'école. En réalité, bien qu'ils soient vraiment ensemble pour l'exposé, celui-ci est déjà terminé.

Sébastien lui a parlé rapidement de son idée entre deux cours, pendant que Jeff était parti chercher quelque chose dans son casier.

— Et à quoi ça nous avancerait ? a demandé Frédérique.

— Après le soi-disant travail, on ira chez Jeff pour faire quelques paniers. Je fais ça souvent.

— Tu es sûr qu'il sera là ?

— Où veux-tu qu'il aille ? Au pire, il sera occupé à faire le souper, auquel cas on l'aidera !

— Il est bon en cuisine, Jeff ?

— Je ne sais pas, mais il faut bien qu'ils se débrouillent, son père et lui.

Bordereau date de retour/Due date slip

Bibliothèque de Beaconsfield Library
514-428-4460
22 Oct 2016 03:10PM

Usager / Patron : 23872000288311

Date de retour/Date due: 12 Nov 2016
Le chant des libellules /

Total : 1

HORAIRE / OPENING HOURS
Dès le 6 septembre / As of September 6
Lundi / Monday
13:00 - 21:00
Mardi - vendredi / Tuesday - Friday
10:00 - 21:00
Samedi / Saturday
10:00 - 17:00
Dimanche / Sunday
13:00 - 17:00
FERMÉ 2016-09-05 CLOSED
beaconsfieldbiblio.ca

Une ombre est passée sur le visage de Frédérique.

— Oh... C'est vrai. Je suis nouille.

— Jeff adore les nouilles.

Finalement, c'est seulement après le repas qu'ils se rendent chez Jeff, Frédérique étant restée souper chez Sébastien. Lorsqu'ils arrivent, le père de Jeff leur apprend que son fils est sorti marcher dans le boisé. Devant l'attitude hésitante de Sébastien, il les rassure :

— Allez-y. Tout va bien. C'est le temps doux qui l'a poussé à prendre l'air.

En passant dans la cour arrière, Sébastien aperçoit Florence, dehors. Attiré comme par un aimant, il traverse le terrain, entraînant à sa suite une Frédérique surprise :

— Florence ! Tu habites ici !

Pendant que son amie s'étonne de voir Florence, Sébastien contemple cette dernière. Elle est assise au pied d'un arbre, son téléphone cellulaire et son *iPod* sur les genoux. Il adore quand il la surprend ainsi installée. Elle est belle, avec son grand chandail bleu, un de ses colliers autour du cou. Aujourd'hui, elle porte celui en écales de pistaches et en grains de café. Et depuis qu'elle a les cheveux courts, c'est comme une malédiction, il ne cesse de vouloir y passer la main, rêvant de sentir les boucles soyeuses lui glisser entre les doigts. Ça lui chatouille les entrailles…

Les yeux levés vers eux, Florence ne dit rien et attend. Sébastien désigne le sentier :

— On va se balader. Tu viens ?

— Non. Je vous laisse observer les papillons sans moi.

Elle semble contrariée. Sébastien n'insiste pas. Il n'ose pas non plus lui préciser que les papillons se font rares en automne… Il s'enfonce plutôt dans le bois avec Frédérique, déçu que Florence ne les accompagne pas. Il y a longtemps qu'il est venu se promener ici et l'odeur le prend par surprise. Il respire un grand coup, heureux d'emplir ses poumons des effluves de terre humide et de sapin.

Au bout de quelques minutes de marche à peine, ils croisent Jeff, sur son retour. Il paraît surpris de les voir, mais content. Ils décident d'aller jouer au basket, tous les trois.

— Es-tu sorti depuis longtemps ? demande Sébastien.

— Assez. J'ai été retardé par une bande d'enfants qui tournaient autour d'un gros trou en chantonnant : *treize-treize-treize-treize…*

— Pourquoi faisaient-ils ça ? demande Frédérique.

Sébastien croise le regard amusé de Jeff. C'est une de ses blagues. Lui, il les détecte juste à la façon dont son ami commence ses phrases ; quelque chose dans l'intonation… Mais Frédérique mord à l'hameçon. Jeff poursuit :

— Quand je me suis approché pour en savoir plus, il y en a un qui m'a poussé et je suis tombé dans le fond du trou.

Frédérique ouvre de grands yeux, attendant que Jeff continue.

— Je n'étais pas seul là-dedans, je vous dis. Alors, les enfants se sont remis à tourner en chantant : *quatorze-quatorze-quatorze…*

Sébastien pouffe de rire. Confuse, Frédérique s'arrête de marcher et s'appuie la main à un bouleau.

— C'était une *joke* ?

— Ben oui !

Ils éclatent tous de rire. Voir Jeff insouciant réchauffe le cœur de Sébastien. Il les regarde tous les deux, Frédérique et lui, convaincu de tenir enfin le bon filon ! Jamais il n'a autant espéré qu'un de ses amis ait une blonde avant lui – surtout si ce n'est pas Florence ! La réussite de son projet lui semble encore plus certaine quand Jeff ramasse une des rares feuilles mortes déjà tombée et la tend cérémonieusement à Frédérique.

— Tiens ! Pour me faire pardonner de t'avoir menée en bateau !

— Pas grave : j'adore les croisières !

J'adore les croisières… C'est le genre de réparties que Jeff aurait lui-même concoctées. Frédérique lui sourit, sa feuille à la main, un peu gênée. Sébastien se sent presque de trop ! Ils sortent de la forêt en riant de tout et de rien.

Le jeune homme est très encouragé.

Rentrée dans sa chambre, Florence écume. Elle n'arrive pas à biffer de sa mémoire la vision de Sébastien jaillissant dans sa cour, tout guilleret, l'Échalote pendue à ses basques. Elle était en pleine conversation texto avec Mylène, et ça lui a coupé net le fil de ses pensées. Pas d'autres choix que de mettre un terme à leur échange pour aller ruminer sa rage.

Elle n'a rien confié à Mylène. Bien que cette histoire avec Frédérique la torture, Florence savoure le fait d'aimer Sébastien en secret. Si elle en parle à son amie, chaque regard lancé vers son amour sera interprété, analysé, discuté. Alors que c'est si rassurant d'être incognito…

Elle fait les cent pas dans sa chambre en fulminant. LEUR boisé! Il a osé emmener l'Échalote dans LEUR boisé, comme si c'était la chose la plus normale du monde. (Bon, il l'a invitée à les accompagner, ce qui la console un peu, mais pas tant que ça.) Elle regrette d'avoir refusé. Mais Sébastien n'a pas fait d'effort pour la convaincre. Il s'est enfoncé entre les arbres avec l'autre. Elle n'a pu que rester là à épier leurs voix. Ils ont vite rencontré Jeff et Florence les a ensuite entendus rire.

Mais quelle idiote d'avoir dit non! Elle aurait été en train de rire avec eux. Elle aurait pu *surveiller*. Seule consolation, ils n'ont pas marché assez loin pour atteindre la cabane. LEUR cabane. La présence (accidentelle ou non) de Jeff les a forcés à rebrousser chemin. Tant mieux.

Elle s'est sauvée à l'intérieur avant qu'ils ne débouchent dans la cour.

Animée par l'irrésistible force de la jalousie, elle décide de les espionner du haut de sa fenêtre. Ils sortent tous du bois en riant, la Frédérique ayant une grande feuille morte à la main. C'est une ramasseuse de nature, comme Sébastien ! Alerte rouge : ils ont trop de points en commun.

Quelle douche froide ! Florence quitte son poste d'observation, irritée. Contre elle : elle aurait vraiment dû les accompagner. Elle n'en serait pas réduite à se ronger les ongles entre les quatre murs de sa chambre dans laquelle elle s'est remise à faire les cent pas. Sur sa commode, au milieu de son bazar, traîne le petit chat porte-clés que lui a donné Sébastien. Elle le prend, le passe sur sa joue. Après l'avoir embrassé (elle sait, c'est pathétique), elle décide de ranger un peu son bureau.

Les photos, les CD, les colliers, les *picks* de guitare et les autres traîneries la distraient un moment. Elle dépose ensuite le minou avec précaution, comme si le fait de bien s'en occuper pouvait compenser pour sa stupidité ou lui faire gagner des points auprès de Sébastien-son-chaton.

Elle a beau s'affairer, elle se rend vite compte que rien ne parvient à la calmer. La jalousie s'enracine solidement, envahissante. Si ça continue, elle va mourir étouffée… À bas le ménage. Il lui faut plutôt un plan. Tout pour éviter que Sébastien ne sorte avec l'Échalote. Un plan *infaillible*.

Autopsie d'une pensée

J'ai compris une chose, maman.

Aujourd'hui, j'ai gagné au basket. J'ai fait rire les gars, j'ai fait rire une fille, aussi. Ben oui, une fille. Et c'est là que j'ai eu une illumination. Je t'explique ?

Ça m'arrive tout le temps ces jours-ci. Je suis en plein cœur d'une situation agréable. J'ai du plaisir. (J'arrive à ne plus m'en sentir coupable ; Florence m'a aidé pour ça.) Et je me dis que j'ai hâte de t'en parler. Puis, dans la nanoseconde qui suit, bang ! Je me fais assommer par le souvenir de ta disparition.

Ça me désarçonne.

Tu m'imagines, hésitant, me dandinant d'un pied sur l'autre ? Mon esprit fait ça.

J'ai l'esprit bringuebalant depuis ta mort, parce que je n'arrive pas à me projeter dans un futur sans toi.

Et ce soir, avec Frédérique, la fille que j'ai fait rire, j'ai encore reçu ce choc-là. Je m'imaginais te dire comment je l'ai bien eue, avec ma joke du grand trou! Puis, peut-être même que je serais allé jusqu'à te confier que je la trouve cute... Peut-être, seulement.

Mais ça n'arrivera pas. J'ai compris que, maintenant, je dois apprendre.

Réapprendre.

Tu m'as montré à marcher et à parler. À rire et à pleurer. À faire des erreurs et à les corriger.

Tu m'as accompagné à travers ce périple... ce trop court périple, devrais-je dire.

La mort est venue trop tôt s'emparer de toi.

Je ne sais plus comment être, sans toi au bord de la route.

Je dois réapprendre.

C'est pendant le cours de mathématiques du jeudi que le déclic s'opère pour Florence. L'enseignant, une fois de plus, vient d'annoncer que l'algèbre permet de résoudre un tas de problèmes de la vie courante. Florence se dit que si elle était x, que Sébastien était y et qu'elle voulait enlever le z de l'équation, il devait bien y avoir une solution… Alors qu'elle réfléchit ainsi, elle suit la conversation d'un élève avec le prof.

Frank, excédé: «C'est la troisième fois que je fais le même problème et j'arrive toujours au même résultat. Je bloque là.» (Comme elle: bloquée.)

Prof qui essaie de faire réfléchir super-Frank (pas facile): «Quelle conclusion peux-tu en tirer?»

Frank, pas vite-vite: «Quelle conclusion? Ben, j'ai besoin d'aide. C'est ça que je conclus.» (Besoin d'aide. Comme elle.)

Prof qui ricane avant de préciser sa question: «Si tu essaies par trois fois d'ouvrir la porte de chez toi et que ta clé reste bloquée, que penseras-tu?»

Frank, allumé: «Ben, que je n'ai pas la bonne clé.» (Elle: qu'elle n'a qu'à aller chez Sébastien…)

Prof, qui veut se débarrasser de Frank parce que la file s'allonge à son bureau :

« Regarde ton problème, François. »

Élève Frank, après un va-et-vient entre le manuel et son cahier : « Oh ! Il me manque une variable dans l'équation ! »

C'est à ce moment que Florence a un éclair de génie ! Une variable ! C'est de ça qu'elle a besoin. Elle est aux prises avec x, y et z. Il lui faut trouver un w pour brasser l'équation. C'est tellement limpide et évident qu'elle se demande comment elle n'y a pas pensé plus tôt !

Rendre Sébastien jaloux avec une variable w ! Ça vaut la peine d'essayer, ça marche dans les émissions. Parfois. Souvent. Elle a même déjà le plan parfait !

Quelle idée j'ai eu de prendre mon vélo ! se sermonne Sébastien qui pédale contre le vent. *C'est bien la perspective de jouer avec Jeff à la Wii qui me motive.*

Trop froid pour le basket, le temps maussade a poussé le jeune homme à chercher une occupation à l'intérieur. La console de jeu de Jeff lui semblait tout indiquée. Il n'a pas pris la peine de téléphoner d'abord, certain de trouver son ami chez lui en ce dimanche après-midi.

Mais Sébastien s'est trompé.

Comme il arrive chez Jeff, les oreilles gelées, il le voit sortir de la maison tiré à quatre épingles. Un pied en appui sur la bordure de béton, Sébastien s'écrie :

— Wow ! Tu vas aux noces ?

— Non. À un baptême. Avec Florence.

Sébastien avale de travers.

— A… avec Flo ?

— Ouais. Elle dit que ça va me changer les idées. J'ai dit oui pour lui faire plaisir.

Quand même. Elle y va fort. Il ne va pas si mal, Jeff. « Pour lui changer les idées. » Pfff…

— Tiens, la voilà qui sort. Florence ! Je suis prêt ! crie Jeff en attirant son attention d'un grand mouvement de bras.

La jeune fille s'avance vers les deux garçons, vêtue d'une robe droite sur laquelle elle enfile une veste noire, tout en marchant. Sébastien la détaille de la tête aux pieds.

Elle n'en fait pas un peu trop, pour un simple baptême? C'est quoi ces souliers de... de fille? Je pense que je ne l'ai jamais vue autrement qu'en espadrilles ou en sandales de plage. Et je dois avouer que ce qu'elle porte de plus beau, c'est son sourire. Est-elle vraiment aussi contente d'emmener Jeff à un baptême?

Assis sur son vélo, Sébastien se cramponne au guidon. Florence est à couper le souffle. Littéralement. Il a du mal à respirer en profondeur:

❶ Parce qu'elle est belle.

❷ Parce que ce n'est pas pour lui, cet effort vestimentaire.

❸ Parce qu'il n'en revient pas qu'elle ait demandé à Jeff de l'accompagner.

Et moi?

Tandis qu'il les regarde partir, Sébastien se torture l'esprit.

Y aurait-il quelque chose entre eux, après tout? Pourquoi Florence ne m'en a-t-elle pas parlé avant? J'y serais allé moi, au baptême. Il faut vraiment que je mette les bouchées doubles pour réunir Jeff et Frédérique. Ça urge.

Toujours vissé sur son vélo, il imagine Jeff assis tout près de Florence dans la voiture et ça lui grattouille les tripes. Il n'est pas fâché contre lui, ni contre elle. C'est probablement vrai qu'elle cherche à l'aider… (Ou du moins essaie-t-il de s'en convaincre.)

Il voudrait être un bébé et rentrer se coucher dans son berceau, sans souci. Au lieu de ça, il doit se remettre à pédaler contre le vent d'octobre, les jambes lourdes, se sentant comme un galérien qui rame, les chaînes aux pieds.

CHAPITRE 8

Quel soulagement de voir Jeff et Florence attendre l'autobus en jasant à bonne distance l'un de l'autre, comme d'habitude ! Sébastien a vaguement craint de les trouver main dans la main après leur escapade du dimanche. Il a passé la journée de lundi, congé de l'Action de grâces, à se morfondre, les entrailles tailladées par les lames de la jalousie.

Seul chez lui, il se demandait ce que faisait Jeff, se disant que s'il ne lui téléphonait pas, ce devait être parce qu'il était occupé avec Florence… Son imagination a galopé sans relâche toute la journée et il s'est couché épuisé par les tourments.

Assis à côté de Jeff, Sébastien constate cependant qu'il s'est fait des peurs… Pour s'en assurer, il demande nonchalamment :

— Comment c'était, vous deux, le baptême de dimanche ?

— Oh… Ça a bien été. Florence a eu raison de m'inviter. On a eu du plaisir avec ses cousins et cousines.

Florence, assise dans le banc juste devant le leur, se tourne à demi vers eux.

— C'est vrai ! Je suis contente que tu aies aimé ton après-midi, Jeff. Merci de m'avoir accompagnée.

Elle rit ensuite en ajoutant pour Sébastien :

— Mes oncles et mes tantes pensaient que je sortais avec Jeff ! C'était drôle !

— Je ne vois pas ce que ça pourrait avoir de si drôle ! réplique le principal intéressé, faussement offusqué.

Sans répondre, Florence laisse de nouveau échapper un petit rire en reprenant sa position, laissant derrière elle un Sébastien décontenancé.

Que penser ? Qu'y a-t-il dans la tête de Jeff ? Et de Florence ? Je n'ai pas l'esprit tranquille. Il faut

décidément que je sorte l'artillerie lourde pour que
s'opère le rapprochement entre Jeff et Frédérique.
Après, je me concentrerai sur Florence et moi. J'ai
du pain sur la planche !

~

Dès le midi, Sébastien s'attelle à la tâche. Suite à un coup d'œil entendu avec Frédérique, il annonce son intention de rester à la cafétéria après le dîner pour commencer son devoir de math.

— Bonne idée, enchaîne Frédérique immédiatement après, comme il l'espérait.

Jeff suit le mouvement, bien sûr. Florence et Mylène doivent toutefois partir, ayant déjà une autre activité de prévue. Prétextant avoir oublié sa calculatrice dans son casier, Sébastien s'éclipse presque aussitôt pour laisser Frédérique en tête-à-tête avec Jeff. Il s'arrange pour s'absenter un bon dix minutes. Après la séance de travail, il attire sa nouvelle amie loin des oreilles de Jeff.

— Et puis ? Tu lui as parlé ?

— C'est sûr, Sébastien. On a jasé de mathématiques ! Qu'est-ce que tu crois ? Que tu allais nous trouver enlacés après dix minutes ? C'est

super intime, la cafétéria, pour discuter sérieusement…

Sébastien sourit largement. Frédérique a raison… et a décidément un sens de l'humour qui
saura séduire Jeff !

— Je suis trop impatient.

— Merci quand même, pour ton aide.

En s'éloignant vers son casier, elle ajoute :

— Ne me laisse pas tomber !

— Sûr. Je suis là pour toi !

La reprise des cours sonne en même temps
qu'une clochette dans le cerveau surmené de
Sébastien.

*C'est vrai que c'est peu propice aux déclara-
tions, l'ambiance de la cafétéria. Il faut que je trouve
mieux. Et vite.*

Florence est pressée. Où est passée sa ceinture ? La mère de Sébastien doit passer la prendre
dans dix minutes pour les reconduire au Naturama, elle et lui, et elle n'est pas encore prête,
ayant décidé au dernier moment de prendre une

douche. Cette journée à la météo capricieuse a drôlement affecté l'état de ses cheveux, qu'elle veut impeccables!

Bon. Voilà la ceinture. Florence se tord le cou devant le miroir pour s'assurer qu'elle passe bien dans toutes les ganses. De quoi a-t-elle l'air? Ça lui prendrait un collier assorti! Aaargh! Ils sont tous mêlés et elle n'a pas de temps à perdre! Tant pis! Faut qu'elle descende au plus vite!

Quelle semaine occupée: des devoirs et de l'étude, du gardiennage mardi soir, son cours de guitare mercredi midi... L'aide à la boutique est toutefois la bienvenue dans ce tourbillon d'activités, surtout avec Sébastien! Et encore plus dans les circonstances...

— Je commence l'inventaire ce soir, lui a-t-il dit dans l'autobus. Je ne l'ai jamais fait seul. Sans Carole, je veux dire.

— Et moi, a renchéri Jeff, ce n'est pas ma tasse de thé. J'irai seulement si tu ne peux pas. Quant à papa, je l'ai envoyé, presque de force, à un congrès.

— De biologie?

— Quelque chose du genre. Il rentre demain.

Le père de Jeff ne passe à la boutique qu'occasionnellement ; une employée s'en occupe à plein temps depuis que Carole est devenue trop malade pour le faire.

— Tant mieux s'il va à ce congrès, a dit Florence. Je suis contente pour lui.

Et elle était également heureuse que Sébastien lui demande à *elle*, d'aller l'aider. Elle a hâte de passer quelques heures avec lui. Ça fait une éternité qu'ils n'ont pas été seuls ensemble.

Elle espère qu'il n'y aura pas trop de clients ! Quel manteau porter ? Il pleut à boire debout et on commence à geler drôlement !

Florence a le cœur léger en enfilant son coupe-vent. À vrai dire, elle est immensément soulagée que Sébastien lui ait demandé de travailler avec lui, parce que cette semaine, il a passé beaucoup de temps avec Frédérique. À chaque midi ou presque, la jeune fille a cru intercepter des regards complices entre eux. Elle les a souvent surpris ensemble, au tournant d'un corridor, à se parler. Pas bon pour sa santé. Elle a presque été obligée de se rendre à l'infirmerie la veille après avoir entendu Sébastien dire à Frédérique : « Je suis là pour toi ! » Il devait parler des mathématiques, mais quand même, le dîner de Florence a menacé de remonter.

Chouette ! Voilà Sébastien-son-chéri !

Seul à la maison, Jeff a beaucoup songé à l'anniversaire de son père, qui sera le lendemain, jour de son retour. Puisque, de toute façon, ses deux amis sont occupés à la boutique, il a décidé de profiter de la soirée pour lui préparer son dessert préféré : une mousse au chocolat aromatisée au porto, qui l'attendra dans le réfrigérateur.

Plus tôt dans la semaine, il a fouillé parmi les livres de recettes pour mettre la main sur celle dont il avait besoin. Les livres, ça allait, mais manipuler des feuillets recouverts de l'écriture de sa mère a été éprouvant. Chaque nom de mets, de dessert, ravivait un souvenir précis, un souvenir d'heureux moments perdus... La recette de la mousse, quant à elle, était rédigée sur une petite fiche cartonnée que Jeff a rangée non loin, après avoir pris en note la liste des ingrédients, qu'il a achetés une fois son père parti.

Nostalgique, il pose la recette sur le comptoir et commence à la lire, ses mèches blondes tombant sur son front :

Faire fondre le beurre et l'ajouter dans le bain-marie avec les pépites de chocolat.

La tête enfouie au fond d'une armoire, Jeff examine la batterie de cuisine jusqu'à ce qu'il mette la main sur le bain-marie. Pendant que l'eau chauffe, il essaie d'étudier le reste de la recette, mais son attention se fixe sur tout, sauf sur les mots. Une empreinte de doigt trempé dans le chocolat macule un bord du carton. Les grandes lettres rondes qui caractérisaient l'écriture de Carole le subjuguent. Il a l'impression de tenir un morceau de sa mère entre ses mains. Il la revoit cuisiner avec lui, efficace, patiente, enjouée. Jeff n'arrive pas à savoir si ce souvenir l'attriste ou le réconforte.

Il poursuit sa tâche, l'esprit alourdi par sa mémoire qui bouillonne.

Une fois le chocolat entièrement fondu et incorporé au beurre, verser d'un coup la crème fouettée...

Jeff peste contre lui-même : il savait pourtant qu'il aurait dû commencer par fouetter la crème, mais a oublié. Il a failli en acheter un contenant déjà prêt à l'emploi, mais l'indication ajoutée par sa mère sur la recette, « meilleur avec de la crème 35 % fraîchement fouettée », l'a convaincu de faire autrement.

Il sort un grand bol, le mélangeur électrique, et y installe les batteurs. Pressé d'en finir au plus vite, Jeff met le moteur de l'appareil en marche un peu trop tôt et la crème éclabousse allègrement le comptoir.

— Ouach ! s'écrie-t-il en coupant aussitôt le contact.

S'il continue comme ça, son t-shirt des *Lakers* va y goûter… Il lui faut un tablier. Jeff en trouve un au fond d'un tiroir, sous une pile de napperons. Dès qu'il le déplie, son cœur flanche.

Cette fois, ce n'est pas qu'un simple souvenir qui remonte à la surface, mais tout un pan de vie. Témoins d'activités de bricolage familiales, quelques taches de gouache voisinent avec les souillures culinaires. Une vieille trace de sang rappelle à l'adolescent le jour où il s'est coupé avec un couteau, et où une mère attentionnée lui a prestement enveloppé le pouce dans le tablier.

Le contact du tissu rugueux lui fait revivre tous les moments où, encore tout jeune, il venait chercher refuge contre le ventre de sa mère. Il peut presque sentir ses bras autour de lui. Il aimerait *tant* les sentir… juste une dernière fois.

Submergé par la vague des souvenirs, Jeff accuse le choc. Le barrage cède, laissant couler un flot de larmes. Accoudé entre le bol de crème et la bouteille de porto, il presse de toutes ses forces le tablier contre son visage, comme pour remonter le temps, pour s'imprégner de ce qui a été, pour retrouver les sensations du passé.

Mais tout ce que ressent Jeff, c'est l'absence. Le vide. Ses sanglots déchirants redoublent, montent des profondeurs de son désespoir, trouvant leur source dans la cruelle certitude qui le frappe : sa mère est partie à jamais. Et elle lui manque. Atrocement. De multiples manières. Pire, il n'y a rien qui puisse la ramener. Il pourrait porter son tablier, cuisiner un dessert par jour, encadrer des pages et des pages recouvertes de son écriture, rien n'y ferait…

Cette sensation abominable d'avoir perdu ce qu'il avait, en même temps que ce qui aurait pu être, le consume de l'intérieur.

Jeff éloigne le tablier de son visage baigné de larmes. Il ne se sent plus la force de continuer la mousse. Il fourre rageusement le bol de crème au réfrigérateur, vide l'eau du chaudron, puis empoigne la bouteille de porto pour aller la ranger. Saisi d'une soudaine impulsion, il en retire le bouchon d'un geste sec et porte le goulot à ses lèvres, prenant une grande lampée.

L'alcool se répand dans son corps, le faisant grimacer. Il se laisse glisser sur la céramique froide. Adossé contre une porte d'armoire, il boit de nouveau. Quelque part au fond de lui, la brûlure du liquide se mêle à sa douleur.

Et si, avec une autre gorgée, l'alcool prenait le dessus ?

Sébastien, qui s'emploie à contrôler la marchandise du Naturama, aurait peut-être aimé se trouver avec Jeff, à s'anesthésier l'esprit… Avoir Florence à ses côtés le pousse à adopter un air désinvolte, mais ses efforts sont vains. Il n'arrive pas à effacer complètement le désarroi que lui cause l'absence de sa patronne et amie. Sans s'en rendre compte, il soupire, laisse son regard se perdre dans le vide, bafouille, autant de comportements qui mettent la puce à l'oreille de Florence. Comme il achève de lui expliquer comment s'y prendre pour l'inventaire, elle pose la main sur son bras et demande :

— Qu'est-ce que ça te fait de devoir accomplir cette tâche sans Carole ?

Un frémissement, un trémolo dans sa voix trahit sa sollicitude. Les deux adolescents sont debout derrière le comptoir. Sébastien croise le regard de Florence, dont les grands yeux verts brillent dans l'attente d'une réponse.

Le jeune homme est surpris d'éprouver autant d'émotions différentes à la fois : bouleversé que l'absence de Carole l'affecte encore une fois, touché que son amie se soucie de lui, brûlant du désir de passer sa main dans les cheveux de celle-ci... Il s'éclaircit la voix.

— C'est tolérable, grâce à toi.

Le sourire de la jeune fille n'arrange rien... Sébastien laisse échapper un soupir, le cœur lourd. Croyant que l'absence de Carole en est la cause, Florence le serre spontanément contre elle.

— Je vais faire de mon mieux pour t'aider, Seb.

Pendant qu'elle lui murmure ces mots réconfortants à l'oreille, Sébastien se dit qu'il devrait s'efforcer de faire pitié plus souvent !

∼

Jeff s'apitoie sur son sort. Il a atteint le fond de la bouteille trop rapidement à son goût. Le porto était déjà sérieusement entamé ; il en restait largement assez pour la recette, mais pas pour engourdir le grand gaillard.

Et il *désire* s'engourdir ! Les larmes taries, la bouteille vidée, Jeff n'a qu'une envie : continuer de noyer sa douleur. Il ne prend pas la peine d'étudier le contenu de l'armoire où son père garde l'alcool ; il empoigne plutôt la première bouteille à sa portée. *Grand Marnier*. C'est du cognac. Il se fiche de la saveur que ça a, en autant que ça achève ce que le porto a commencé.

Si la première gorgée lui arrache une grimace, les suivantes coulent dans son gosier sans même qu'il les goûte. Debout à la grande fenêtre du salon, où il s'est rendu d'un pas incertain, Jeff absorbe le liquide sirupeux au rythme de la pluie qui tombe. Un déluge.

Il voit le fond de la bouteille à peu près à l'instant où la pluie cède le pas à un dense brouillard. Jeff, l'esprit aussi clair que le ciel, décide de sortir.

~

Florence a hâte de finir l'inventaire. Elle sent que, peut-être, c'est le bon moment pour parler à Sébastien. Conditions idéales : il a besoin d'elle et ils sont seuls... Oui, ce soir, elle aura le courage de tout lui avouer. Sur le chemin du retour, peut-être ? On dirait que la pluie vient tout juste de cesser ; ils pourraient rentrer à pied. Ça serait romantique, une marche à la pénombre, dans le brouillard.

Le conte de fées qu'elle imagine tombe vite à l'eau, la méchante reine faisant irruption dans la boutique vers huit heures...

Alertés par l'ouverture de la porte, Florence et Sébastien s'avancent vers le comptoir. Frédérique entre, dégoulinante de pluie. Avisant Florence, papiers à la main, elle manifeste sa surprise :

— Florence ! Tu travailles ici ?

— À l'occasion. On fait l'inventaire ensemble.

C'est louche. Frédérique semble déconcertée. Sébastien, mal à l'aise, bafouille et se dandine sur place. Florence prend le parti de s'éloigner, sentant que c'est ce qu'on attend d'elle.

— Je vais continuer, moi, dit-elle d'un ton neutre.

Elle n'entend malheureusement pas leur conversation. L'Échalote ne reste que quelques minutes. Florence ignore si elle a effectué un achat ou non. N'était-elle venue que pour voir Sébastien ? Si oui, il fallait qu'elle le veuille drôlement : il pleuvait des cordes encore quelques instants plus tôt.

Grrr… Florence enrage, pour faire changement. Cette maudite jalousie lui gâche le reste de la soirée. Elle était si bien avant que la Frédérique n'arrive dans le décor. Elle détenait l'assurance tranquille qu'un jour, Sébastien et elle finiraient par sortir ensemble.

Il est pour elle. Pas question de se laisser faire.

Dans les vapes

Vois-tu ça, maman, ce magnifique brouillard ? On dirait que quelqu'un m'envoie un immense tampon d'ouate pour panser ma blessure. Je sors. Peut-être vais-je trouver dehors de quoi continuer à apaiser ma peine. Déjà, je sens que les quarante pour cent d'alcool du cognac de papa ruissellent allègrement dans mes veines.

Il fait froid, dans ce brouillard humide. Vive ma veste à capuche! Je ferais bien du jogging, pour toi, comme dans le temps, mais j'ai du mal à poser un pied devant l'autre. Je pense que je suis soûl, maman. Je marche, je ne sais même pas où je vais. Je me déplace d'une flaque d'eau à l'autre.

Ces nuages me rappellent une blague très à propos. Je suis sûr que tu vas l'adorer. C'est deux anges qui discutent de la météo. Le premier dit qu'il fera nuageux, le lendemain. L'autre répond: « Enfin! On va pouvoir s'asseoir un peu! »

Tu ris, assise sur le brouillard?

Tiens, le pont! J'ai déjà marché jusqu'ici! Je vais aller faire un vœu au-dessus de la rivière, comme lorsque tu étais malade. Peut-être que dans la brume, ça va mieux fonctionner…

C'est un brouillard magique, je le sens.

Jeff pensait alléger son chagrin en sortant. Leurre. Se tenir là, accoudé à la balustrade du pont, ravive au contraire le souvenir de sa mère.

En contrebas, l'eau coule, submergeant les rochers. Nourrie de la pluie abondante, la rivière se déchaîne, couvrant le bruit des voitures qui circulent derrière lui. Le regard perdu sur cette eau brune et écumeuse, Jeff se remémore une séance de jogging où sa mère et lui s'étaient aventurés sur la berge. Ils s'étaient assis sur un rocher et avaient repris leur souffle au rythme du courant tranquille de cette journée-là.

Les vagues, porteuses d'heureux souvenirs, l'attirent irrésistiblement.

En route vers chez lui, Sébastien regarde le ciel d'un air dubitatif. Difficile de deviner à quoi ressemblera la journée du lendemain, mais, puisqu'il en passera les premières heures dans un gymnase, ça ne l'ennuie pas trop s'il pleut encore. Cependant, il souhaite vivement que ça s'éclair-cisse, éventuellement ; c'est essentiel pour ce qu'il projette de faire. Comme il vient de laisser Florence devant sa maison, il profite du bout de chemin qu'il lui reste à faire seul pour réfléchir.

Quand Frédérique est venue le voir au Natu-rama, tout à l'heure, elle était tout énervée. Un peu gênée devant Florence, elle s'est confiée rapidement dès que celle-ci s'est éloignée assez pour ne pas pouvoir les entendre.

— Je pense que je sais comment voir Jeff hors de l'école, je veux savoir si tu penses que ça pourrait marcher. Mon frère s'est mis en tête de se construire une cabane derrière chez nous, mais mes parents n'ont jamais le temps de l'aider. Alors, je me suis dit que, peut-être, je pourrais vous demander un coup de main…

L'idée de Frédérique était encore plus géniale qu'elle le croyait ! Qui s'y connaît mieux qu'eux dans la construction de cabanes ? Dès le départ de sa complice, les rouages se sont mis en branle dans le cerveau de Sébastien, et tournent encore…

Si, en premier lieu, nous emmenions Frédérique dans notre refuge pour le lui montrer, je pourrais trouver un prétexte pour revenir avant elle et Jeff, histoire de les laisser seuls dans le bois… Il faudrait juste que j'en parle à Florence. On a gardé cet endroit secret depuis des années, mais à l'âge qu'on a, je ne pense pas qu'elle voie un inconvénient à ce qu'on y emmène Frédérique…

Super-Jeff

Merde, maman, qu'est-ce qui t'a pris de me laisser boire de l'alcool ? J'ai toutes les misères du monde à descendre ! C'est plutôt escarpé, et, avec la pluie, le sentier est pratiquement inondé. La pierre concassée roule sous mes pieds, au lieu d'assurer mes pas. Mais rien ne m'arrête, ni la pluie, ni la « bouette » : je suis Superman (aujourd'hui, je porte les bobettes avec son logo que tu m'as données). Alors, droit devant, me voilà !

Ouch !

Je vois des étoiles quand je fais trop d'efforts… Mon front menace de se transformer en site de lancement de feux d'artifice. Qu'à cela ne tienne : je parviendrai jusqu'au rocher où l'on s'est reposés.

Wouh-ouh ! Je viens de descendre un bout sur les fesses !

Arrivé en bordure de la rivière, Jeff s'en approche, subjugué. S'asseoir sur le rocher ne lui dit rien. Après l'alcool, c'est l'extrême débit des flots qui l'hypnotise. La tête emplie de son délire heureux, Jeff scrute les embruns. À la poursuite de ses souvenirs, il chemine tant bien que mal vers les remous, sans égards pour l'eau qui s'infiltre dans ses espadrilles déjà trempées.

L'effet de l'alcool est à son paroxysme. Chacun de ses mouvements lui arrache un lancinant spasme dans le crâne. Le vacarme infernal du courant l'assourdit. De l'eau jusqu'aux chevilles, il hurle pour couvrir le bruit :

— Maman ! On aurait dû venir ici se baigner ! Tu me vois ? J'avance vers le courant ! C'est trop cool ! Il y a longtemps que je n'ai pas ressenti autant de plaisir !

Luttant contre le serpent d'eau qui enserre ses jambes, Jeff risque encore quelques pas sur les galets glissants. Mais bientôt, mordu par le froid de l'eau, son cœur proteste, frigorifié.

L'adolescent cherche son équilibre au milieu des vagues enragées. Il vacille entre le Jeff qui a voulu s'engourdir et celui que des sensations extrêmes raniment.

Le second Jeff s'acharne. En puisant une grande bouffée d'énergie dans l'air humide, il progresse à pas pesants, mais décidés. Il avance vers le passé, l'avenir, le bonheur, la vie ; dominé par le besoin de mettre un terme à sa léthargie, d'éprouver des sensations vives, comme avant.

Jusqu'à ce que, la tête pleine de houle, il bascule.

CHAPITRE 9

— Jeff ? C'est toi ? Approche-toi donc !

Intrigué, ce dernier obéit. Lentement : ses vêtements mouillés sont si lourds… Il s'accoude à la portière de la voiture. La tête dans le cadre de la fenêtre baissée, il s'adresse au conducteur.

— Pa ? T'es… t'es… (Il grimace de douleur. Le cognac lui aura monté au cerveau, sûrement. Aaargh… La crampe est passée. Jeff se ressaisit et continue d'une voix traînante.) T'es pas… censé rentrer d… demain ?

— Je me sentais coupable de te laisser seul toute la nuit. Embarque donc au lieu de rester là ! Faisais-tu du jogging ? À onze heures ?

Jeff ouvre laborieusement la portière et la garde ouverte, hésitant à monter. Il plisse le front.

— Merde… Onze heures ? J'ai dû dormir plus longtemps que je pensais…

Luc reçoit un choc. La lueur du plafonnier lui révèle un Jeff méconnaissable. Assurément, son fils n'est pas dans son état normal. Ses cheveux sales dégoulinent dans ses yeux vitreux, il s'agrippe à la portière comme s'il n'arrivait pas à tenir debout tout seul et son survêtement gris est non seulement trempé, mais couvert de boue, peut-être même déchiré à un genou.

Luc descend de la voiture et la contourne pour rejoindre Jeff. Il l'attrape par les épaules et le détaille de la tête aux pieds.

— *Shit*, Jeff ! D'où tu sors ? Tu fais peur à voir ! Et quand je dis *peur*, prends ça au pied de la lettre. Bon sang ! Tu as fait quoi ? Une chance que je suis revenu ! De dos, sous la lumière des phares, je croyais bien que c'était toi, mais je t'avoue que si je t'avais vu clairement de face, je ne t'aurais peut-être pas reconnu. Si ta mère te voyait dans cet état !

— Elle sait tout déjà…

— Hein ?

— Je lui parle… (Jeff prend la tête de son père entre ses mains.) Je… je lui parle, c'est ju… juste qu'elle refuse de me rrr… répondre.

Luc grimace à son tour.

— Pouah! Tu as une haleine à tuer des mouches!

Sa voix se brise lorsqu'il comprend de quoi il s'agit.

— Tu as *bu*!

— C'est à cause de monsieur Marnier.

— Hein? Qui?

— Marnier. Grand Marnier.

— *Shit*, Jeff. T'as bu mon cognac, c'est ça? T'es fou, du Grand Marnier! De la bière, ça ne t'a pas tenté?

— Pas pensé. J'ai fini ton porto, aussi. Avant.

Luc soupire et attire son fils contre lui.

— T'es gelé, pauvre toi, murmure-t-il contre son oreille. On va rentrer te sécher.

Il aide Jeff à s'asseoir sur la banquette et reprend sa place derrière le volant, abasourdi.

Tellement de pensées l'assaillent. D'où elle se trouve, Carole doit avoir envie de lui secouer les puces pour avoir laissé leur fils se mettre dans un tel état. D'ailleurs, qu'est-ce qui lui est passé par la tête, à celui-là ?

Luc soupire en démarrant. Son cœur saigne pour son enfant, qui devait éprouver une détresse inimaginable pour ingurgiter autant d'alcool, quand habituellement une seule gorgée de vin lui répugne.

— Jeff, tu sais que je t'aime, hein ?

— Je sais, papa. Je m'excuse, dit Jeff d'une voix pâteuse, les yeux fermés et le crâne contre l'appui-tête.

— Non, proteste fermement Luc. *Moi*, je m'excuse. Je n'ai pas été assez présent pour toi, pas assez à l'écoute. Et ça t'a manifestement mené sur une mauvaise pente…

Jeff ricane sans bouger.

— Ne t'inquiète pas… J'ai remonté la pente en remontant la pente…

— Hein ? fait Luc en lui jetant un regard rapide. Si t'arrêtais de parler par énigmes, j'y comprendrais peut-être quelque chose. Ne dis rien maintenant. On arrive bientôt. Tu vas prendre une douche, dormir, et on se parlera demain matin.

— Non. Ce soir. Demain, c'est ssss... samedi ! J... j'ai du bbb... basket de bonne heure.

Luc ne peut s'empêcher de pouffer.

— Et tu penses que tu vas être capable d'y aller ?

— En tout cas, ça ne sera pas plus difficile que ce que j'ai fait ce soir...

~

De retour sur terre

C'est pour ça, maman, que tu m'as laissé me soûler ? T'avais tout calculé ? Tu savais que papa me ramasserait sur le bord du chemin ? Qu'on se raconterait tout, après la meilleure douche que j'ai prise de ma vie ? Je me suis installé dans ma chambre, adossé contre mes oreillers. Papa s'est assis près de moi, au pied du lit.

Je lui ai tout dit. De la mousse au chocolat à la rivière, en passant par le tablier. Rendu au point où j'avançais dans l'eau, il a capoté et s'est approché de moi à genoux sur les draps.

—T'as pas fait ça, Jeff? T'aurais pu tomber, te frapper la tête, mourir noyé!

Papa m'a pris par les épaules pour la deuxième fois de la soirée. Il a planté ses yeux dans les miens. Et là, j'y ai vu son regard à lui. Pas le reflet du mien. Lui. Sa douleur. Pas la douleur de ta disparition, mais celle qu'il ressentait à la pensée de me perdre, moi. Il m'a dit très sérieusement:

— Désormais, tu me dis tout ce qui te passe par la tête. Tu t'ennuies d'elle. T'es fatigué de trop pleurer. Une vieille banane te fait penser à elle. N'importe quoi. Je serai là. Je vais t'écouter. Tu en es sorti comment, de la rivière? T'en souviens-tu seulement?

Je me sentais vraiment idiot d'avoir pu concevoir qu'avancer dans le courant m'aiderait à me sentir plus vivant, maman. Était-ce l'alcool seulement? Ou cet insupportable sentiment de ne plus rien ressentir de profond? Ou les deux? Peu importe, j'étais vraiment ailleurs... J'ai rassemblé mes souvenirs pour papa, alors assis en tailleur devant moi.

— J'étais étourdi. Je me sentais perdre pied. Puis, j'ai eu envie de pisser.

— Hein?

— Arrête de dire «hein?» à tout ce que je te raconte. Le porto, le cognac, l'eau froide, ça donne

envie, tout ça. J'avais du mal à baisser ma fermeture éclair, debout dans les tourbillons. Les deux
mains occupées, j'avais moins d'équilibre, alors j'ai
rebroussé chemin pour aller tranquillement pisser sur
la rive.

— Shit, Jeff… T'inventes pas tout ça? C'est
une envie pressante qui t'a réellement sauvé la vie?

— Juré, craché! J'ai écrit mon nom deux, trois
fois sur la grève, puis je me suis assis un petit moment
contre notre rocher, à maman et moi. J'avais froid…
J'ai remonté mes genoux sur ma poitrine pour me
réchauffer, puis je me suis assoupi. Je pensais n'avoir
dormi qu'une dizaine de minutes, mais apparemment
j'ai cuvé mon cognac une couple d'heures. Je comprends pourquoi j'étais tellement gelé quand je me
suis réveillé!

— Et tu vas me dire que c'est une biche qui
passait par là qui t'a tiré du sommeil et sauvé de
l'hypothermie?

— Euh… non! Tu confonds avec Blanche-
Neige. Moi, c'est le mal de cœur qui m'a tenu
compagnie. J'ai vomi l'équivalent de trois fois ce que
j'ai bu, je pense.

J'ai fait rire papa. Ça m'a réchauffé l'intérieur.
J'ai compris que des éclats de rire dans la maison, il
n'y en avait pas eu depuis un bon bout de temps.

— Et tu as rejoint la route après ?

— Rejoint la route... Ça a presque l'air d'une promenade du dimanche, de la façon que tu en parles. À vrai dire, ça a plutôt été un pèlerinage, de remonter jusque-là. C'est bien facile quand le sentier est sec, qu'il fait clair et qu'on est à jeun. J'ai commencé à grimper, mais j'étais étourdi et je glissais au fur et à mesure dans la boue, incapable de garder mon équilibre. J'ai finalement décidé de remonter à genoux, en tâtonnant pour trouver des branches et des racines auxquelles m'accrocher.

Je sens que ça va bien dribler, maman, des mains écorchées !

— Un pèlerinage, a répété papa, sceptique. Tu n'en mets pas un peu, là ?

— Chut ! Laisse-moi finir avant que je tombe endormi. Oui, un pèlerinage. La rivière est un lieu sacré pour moi, désormais ! J'ai remonté ce sentier à pic en pensant à maman à chaque instant, en me disant justement que ce n'était pas ce qu'elle voudrait, me voir détrempé, à bout de souffle et à moitié fou. Merde, papa, j'avançais sans gilet de sauvetage dans une rivière déchaînée à la recherche de sensations fortes destinées à me faire sentir vivant... Tu vois le problème ? Tu crois qu'il faut que je me fasse examiner le cerveau ?

Pa s'est levé pour éteindre la lumière et m'a dit, debout contre le cadre de la porte :

— *Non… je pense que tu dois laisser tranquilles mes bouteilles de liqueur forte !*

Ils ont perdu la partie de basket de ce matin-là avec plusieurs points d'écart. Après leur douche, Sébastien, morose, discute avec Jeff tandis qu'ils se rhabillent.

— J'ai joué comme un pied, mais je ne suis pas tout seul. Tu as mal quelque part ?

— Qu'est-ce qui te fait dire ça ? demande Jeff sur la défensive.

Il enfile lentement son chandail pour camoufler le plus longtemps possible l'expression de son visage.

— Tu grimaçais à tout bout de champ.

— J'ai mal à la tête…

Sébastien, qui connaît bien son ami, n'est pas dupe une seconde.

— Pfff… D'habitude, deux Tylenol bien envoyés avant de partir, et ça ne paraît pas.

Alors, crache : qu'est-ce qu'il y a ? Pas ta vieille blessure à la cheville qui te fait mal avec la pluie, comme ma grand-mère ?

— Mais non !

Jeff a vraiment envie de se confier…

— Je peux aller chez toi, après la partie ? Je te dirai ce que j'ai.

Intrigué, Sébastien est forcé d'attendre qu'ils se soient enfermés seuls dans sa chambre pour en savoir plus. Installé sur la chaise à roulettes du poste informatique, Jeff se promène nerveusement de droite à gauche avant de lever les yeux vers son ami, debout devant lui.

— L'aventure se présente comme suit, commence Jeff sur un ton théâtral. C'est aujourd'hui l'anniversaire de mon père. J'ai voulu lui concocter une superbe mousse au chocolat, en secret…

— Une *mousse* ? C'est pas un peu ambitieux ? T'aurais pu commencer par un gâteau. Me semble que ça doit être moins difficile à réussir… Tu t'es passé les mains dans le mélangeur ? T'as les doigts écorchés…

— Veux-tu te taire et me laisser finir ?

Surpris et amusé, Sébastien obtempère et s'assoit sur le bord de son lit.

— Vas-y. Je vais rester muet comme une carpe.

Jeff entreprend de narrer ce qui lui est arrivé à un Sébastien qui n'a plus du tout envie de l'interrompre. Il termine en disant tout bonnement :

— Et donc, je n'ai pas bénéficié de mes heures de sommeil réparateur habituelles, ce qui explique ma piètre performance de ce matin. Mes yeux menacent de sortir de leurs orbites à chaque mouvement brusque, d'où les grimaces. Et les doigts, ben, disons que les fourmis doivent se régaler des petits morceaux de peau que j'ai laissés sur les roches en escaladant le sentier.

Sébastien dévisage longuement Jeff en secouant la tête, puis il se lève et se met à arpenter la chambre à grandes enjambées. Sans plus regarder son ami. Sans rien dire. Il soupire et gesticule jusqu'à ce que Jeff intervienne :

— Vas-tu arrêter de te tirer les cheveux à deux mains ? L'interdiction de parler est levée. Dis quelque chose, tu m'inquiètes…

— *Je* t'inquiète ! Ah ! Elle est bien bonne, celle-là ! C'est toi qui t'es soûlé avant d'aller danser sur les vagues, je te rappelle, pas moi !

— Puisque je t'en parle, tu devrais être rassuré. Ça prouve que je n'ai pas l'intention de remettre ça...

— J'espère bien ! La prochaine fois que tu fileras aussi moche, tu m'appelleras !

— Promis. On boira ensemble !

Radouci, Sébastien se rassoit.

— Ça goûte quoi, le porto et le cognac ?

— La peine. L'ennui. T'en fais pas, Seb ; ça n'a pas un goût de revenez-y... Tout compte fait, je ne pense pas avoir la fibre alcoolique...

La compassion, le soutien et toute l'amitié du monde passent dans le demi-sourire de Sébastien. Jeff se racle la gorge d'émotion pour dire ensuite :

— Ça ne m'avance pas beaucoup pour la mousse. J'aurais voulu la faire pour ce soir, même si papa m'a dit de laisser tomber.

— Mes parents partent pour l'après-midi, mais on va demander à Mélanie ! s'écrie Sébastien dont le visage s'est éclairé. Elle va être tellement heureuse de pouvoir t'aider ! Sors ton cell, je vais envoyer un texto à Florence.

Jeff n'a pas le temps de protester que tout s'organise autour de lui. Ce que Sébastien a mentionné en parlant de la mère de Florence est vrai pour tout le monde… Chacun y met du sien avec énergie, heureux de pouvoir concrétiser son désir d'épauler Jeff.

Alors que Mélanie et Florence attendent les gars, la jeune fille dit à sa mère :

— Je suis bien contente que Jeff ait fait appel à toi, maman ! Ça va compenser pour toutes les fois où moi, je quête de l'aide à son père !

Florence fait exprès de mettre Luc sur la sellette, afin de susciter une réaction chez Mélanie. Ce que Jeff lui a raconté à leur propos lui trotte toujours dans la tête.

— Tu veux dire avant que Vincent ne soit là ? demande Mélanie, intriguée.

— Oui, et même maintenant. Tu sais, je ne veux pas trop achaler Vincent avec mes affaires personnelles.

— Pourtant, il est toujours présent pour toi…

Le nuage qui assombrit le regard de sa mère n'échappe pas à la jeune fille. Donc, Mélanie souhaite encore que Vincent occupe une place de choix dans leur vie… Mais quelle est celle de Luc ? Florence décide de creuser davantage.

— Je sais, maman, ne sois pas aussi dramatique ! J'aime beaucoup Vincent. C'est juste qu'il est le père de Joanie, pas le mien. Et puis, Luc aime bien m'aider. Il dit que je suis la fille qu'il n'a pas eue !

Impossible pour Florence de décoder l'émotion sur le visage de sa mère : bouche entrouverte, Mélanie reste sans voix. L'espace d'une seconde, Florence croit voir trembler son menton, comme si elle luttait contre ses larmes. Regrettant ses paroles (sans toutefois bien saisir ce qu'elle a dit de si bouleversant au juste), elle s'empresse d'alléger le ton :

— … Ce qui fait que je suis un peu la sœur de Jeff ! Tu crois qu'il va me donner un plat de mousse pour ça ?

Mélanie lui sourit et semble franchement amusée… ou soulagée ? Ou les deux ?

— Ne mets pas la charrue devant les bœufs ! Il faut d'abord réussir ce dessert !

Sébastien et Jeff arrivent peu après dîner, les bras chargés de sacs trempés par la pluie qui a repris de plus belle. En les regardant entrer, Florence ne peut s'empêcher de les comparer. Le grand Jeff, à qui elle s'empresse de faire une accolade et de murmurer à l'oreille : « On va te faire ça, ce dessert-là... » Et Sébastien, à qui elle sourit ensuite, complice. Ses deux meilleurs amis. Au fil des ans, elle a passé autant de temps avec l'un qu'avec l'autre.

Qu'est-ce qui explique alors qu'elle soit si attirée par Sébastien, alors que Jeff n'est pour elle qu'un ami, presque un frère ? Le contact avec celui-ci ne lui inspire rien de plus que la profonde affection éprouvée lors d'une embrassade avec Joanie. Mais un simple sourire de Sébastien et elle frissonne de partout !

Bien que ses sentiments pour Sébastien se précisent de plus en plus, Florence les met de côté au cours de l'après-midi pour se concentrer sur Jeff, qu'elle devine fragile avec cette histoire de mousse... Habituellement, il aurait taquiné Joanie à n'en plus finir et aurait pimenté la séance de cuisine de ses blagues. Il parle peu, ce qui ne lui ressemble pas. Ça, et les quelques regards appuyés qu'elle a interceptés entre Sébastien et lui, lui laissent présager qu'il y a davantage dans cette recette que du chocolat et de la crème… Il faudra qu'elle aborde le sujet avec Sébastien, quand elle en aura l'occasion, pour essayer de savoir de quoi il retourne.

L'attention de Florence est tellement monopolisée par le souci qu'elle se fait pour Jeff qu'elle ne se rend pas compte que Sébastien aussi attend le bon moment pour lui parler, qu'il a ouvert la bouche une ou deux fois pour lui poser une question, mais qu'à chaque fois, il s'est ravisé.

Passe également inaperçu l'air soucieux de Mélanie, que les circonstances particulières font réfléchir. Il y aura bientôt un mois qu'elle a entamé ses démarches, et elle n'a encore aucun résultat tangible… Il faudrait bien que ça aboutisse, avant qu'il ne soit trop tard. On ne sait jamais ce qui peut arriver. De ce qu'elle comprend, l'espoir d'un résultat positif s'amincit à mesure que le temps passe… Est-ce que ça va prendre un miracle ? Si au moins elle y pouvait quelque chose ; c'est affreux d'attendre, à la merci des autres. Elle serait si soulagée que ça débloque ! Elle s'imagine déjà comment elle préparerait Florence…

Ce n'est que le mardi, après l'école, que s'alignent les planètes pour Sébastien. Tout est parfait pour emmener Frédérique à la cabane : la jeune fille est disponible, Jeff trouve le projet emballant (à tout le moins, la partie dont il a été mis au courant !) et la terre du sentier a sûrement commencé à sécher. Seule ombre au tableau : Sébastien n'a pas trouvé l'occasion de demander son avis à Florence.

Cette dernière n'a donc aucune idée de ce que son ami a derrière la tête quand elle le voit arriver derrière chez elle.

Elle est occupée à racler les feuilles mortes tombées pendant le déluge de la fin de semaine. L'exercice la détend et lui donne une excuse pour ne pas commencer ses devoirs. Elle vient de poser son râteau et achève de remplir un sac de feuilles quand Sébastien apparaît.

— Seb ! T'as le look du gars qui s'en va faire une promenade dans le bois, toi ! remarque-t-elle en souriant.

Jean, vieilles espadrilles, veste de coton ouaté dont il n'a pas remonté la fermeture. Elle a le goût d'aller passer ses bras autour de sa taille, entre son t-shirt et le survêtement, de se blottir contre lui et... Quoi ?!

Ses fantaisies tournent au cauchemar lorsqu'elle constate qui l'accompagne... L'Échalote.

— Salut, dit-elle platement en secouant son sac pour y refouler les feuilles et sa déconfiture. Vous arrivez de chez Jeff ?

— Oui. Je viens voir si tu veux venir faire un petit tour avec nous, explique Sébastien en désignant le boisé. Euh… Jeff et moi on aimerait aller montrer la cabane à Frédérique.

Les nœuds qu'elle a faits dans le sac ! Presque aussi serrés que celui qui grossit dans son estomac. Sébastien la regarde anxieusement dans l'attente d'une réponse. Ils savent tous les deux qu'au fond, il n'a pas besoin d'elle pour se rendre là-bas ; c'est une permission qu'il lui demande. L'inviter n'est qu'une façon de lui enrober le tout, de lui lancer de la poudre aux yeux.

Elle ne sait que trop bien pourquoi il veut aller dans le boisé avec l'Échalote…

— Alors, tu nous accompagnes ? On ne restera pas longtemps. Ça serait l'*fun*.

Le seul *fun* qu'elle pourrait avoir, ça serait si l'Échalote se prenait le pied dans une branche et s'affalait de tout son long, le visage dans la boue.

— Jeff vient aussi, complète-t-il.

Sébastien aurait dû la laisser tranquille et s'y rendre incognito. Ce qu'on ne sait pas ne fait pas mal. Pourquoi insister pour les emmener, Jeff et elle? Il a besoin de chaperons? Elle parierait qu'il n'avait pas du tout l'intention de lui en parler! Il n'a pas dû avoir le choix d'inviter Jeff, l'ayant probablement croisé en chemin, et elle, elle servira à occuper ce dernier pour que Sébastien soit seul avec l'Échalote! Quoi qu'il en soit, elle ne va sûrement pas lui faire le plaisir de se montrer intéressée par leur escapade.

Elle a l'impression d'être la femelle du moucheron Empis, dont Sébastien lui a parlé une fois. Le mâle lui offre en cadeau des proies qu'il attrape et emballe dans des cocons de soie, pour ensuite lui sauter dessus dès qu'elle s'en approche. Mais parfois, ce mâle déloyal n'offre qu'une boule vide, parvenant quand même à ses fins en misant sur la curiosité de la femelle. La cabane, c'est la boule vide de Sébastien. En attirant Florence, il croit pouvoir la piéger. Peut-être pense-t-il qu'elle dira oui, poussée par l'orgueil de la montrer à l'Échalote... Il va attendre longtemps!

Florence ne demande donc aucune précision. De toute façon, elle ne peut pas parler, les nœuds s'étant multipliés jusqu'à sa gorge lorsqu'elle a constaté, à mesure que s'approchait Frédérique, que celle-ci a visiblement fourni un effort pour soigner son apparence. Ses cheveux d'ébène sur les épaules, elle porte un superbe chandail de laine en guise de manteau.

Elle s'est pomponnée pour Seb! À moins qu'ils n'aient décidé de leur annoncer, à Jeff et à elle, là, dans le bois, qu'ils sortent ensemble! Non! Pitié!

Ayant ramassé le râteau, Florence se cramponne au manche de bois. Elle a mal. Ça brûle en dedans. Ça doit être la source de l'expression « une douleur cuisante ». Ses yeux piquent. Elle s'en veut d'avoir le goût de pleurer. À la fois jalouse et enragée, elle reste muette et immobile.

— Viens donc, continue Sébastien. Il n'y a plus assez de feuilles pour un autre sac. Tu as le temps avant de souper, non?

Florence ne pense pas une seconde à être flattée qu'il désire se retrouver en sa présence. Non. Elle est obsédée par la distance qui s'amoindrit entre lui et Frédérique. Qui va vers l'autre? Elle ne saurait le dire. On dirait qu'un aimant invisible les rapproche. Florence voit rouge et a les jointures blanches à force de serrer le manche de son outil. Aveuglée par la jalousie, elle n'a plus aucun repère, perdue comme un avion sans balises dans la nuit. Elle est vaguement étourdie; ses oreilles bourdonnent.

— Allez, Flo, qu'as-tu de mieux à faire ?

Elle respire un grand coup pour chasser l'engourdissement qui la menace, puis affronte durement son ami du regard. Dans son champ de vision, Frédérique s'avance encore vers lui. On dirait qu'elle s'apprête à lui poser une main sur l'épaule. Florence en perd la carte. Ses instruments se détraquent. Le menton haut, appuyée sur son râteau, elle crache :

— Vous me dérangez. J'écoute le chant des libellules. Ça vaut toujours mieux que de me promener dans le bois avec une dinde sans cervelle !

Puis, elle se tait. Pas qu'elle n'ait rien à ajouter – le venin monterait facilement, maintenant qu'elle a ouvert les vannes –, mais parce qu'elle lit sur le visage de Sébastien qu'elle en a déjà trop dit. La déception dans son regard, l'air affligé de Frédérique…

Ça lui inonde le ventre : le regret, le désarroi, la honte.

Et comme si ce n'était pas assez, Sébastien murmure d'un ton réprobateur :

— Florence…

Le prénom, qu'il utilise rarement sans le raccourcir, lui écorche les oreilles. Les syllabes s'infiltrent en elle, lui causant un malaise semblable à celui qu'elle éprouve quand sa mère se prépare à la sermonner. Enfin… pas tout à fait semblable : son cœur ne saigne jamais autant quand Mélanie lui sert son « Florence Martin ». Dans la gorge de la jeune fille, le goût des larmes se mêle au parfum du gazon fraîchement raclé. C'est comme boire une tisane de feuilles mortes.

Elle aurait plutôt besoin des effets calmants de la camomille.

Florence comprend qu'elle doit s'éloigner sans tarder si elle ne veut pas s'effondrer là, devant Sébastien et Frédérique. Sans se demander pourquoi les excuses qui lui montent à l'esprit restent coincées en chemin, elle laisse tomber le râteau et court se réfugier dans sa chambre.

En entrant dans la pièce, elle avise son porte-clés qu'elle avait jeté négligemment sur son lit après l'école. Elle le prend, puis, dans un accès de colère, lui arrache la tête qu'elle lance contre le mur. C'est en contemplant le corps du petit chat, resté dans sa main gauche, la bourre sortant par l'orifice du cou, que Florence se met à pleurer.

Quel gâchis ! Elle a tellement, tellement honte. Frédérique ne méritait pas toute la méchanceté qu'elle a déversée sur elle. Et si son attitude venait de lui faire perdre Sébastien ?

La peur la tenaille. Le regard déçu que son ami a posé sur elle la hante. Elle voudrait se cacher sous les couvertures et ne jamais en sortir. Au lieu de ça, elle fait les cent pas dans sa chambre, les joues mouillées de larmes chaudes, ne s'arrêtant que pour se frapper le front en guise d'autopunition.

Grrr… Elle ne peut pas croire que ces paroles sont sorties de sa bouche.

Désemparée, elle attrape son téléphone pour écrire quelques mots à Mylène : elle a grandement besoin d'une amie. Mais il faudrait lui expliquer de A à Z, et puis elle a bien trop honte pour tout lui avouer. Son portable entre les mains, Florence comprend qu'elle aurait beau écrire ou raconter ce qui s'est passé en long et en large, rien ne pourra effacer ce qu'elle a dit. Ni même l'amoindrir.

Ses horribles paroles rebondissent sur les murs de la chambre et lui martèlent le crâne. L'adolescente jette le téléphone sur son lit et se bouche les oreilles à deux mains, souhaitant faire taire l'écho de sa propre voix qui continue pourtant de la narguer: «... *une dinde sans cervelle... une dinde sans cervelle... une dinde sans cervelle...* »

Elle doit se rendre à l'évidence: elle est prisonnière des mots qu'elle a laissés s'échapper. Prisonnière des mots, mais surtout de la honte qui s'incruste dans chaque fibre de son corps.

Florence marche jusqu'à sa fenêtre qu'elle ouvre. D'un long regard songeur, elle détaille la cour. Le sac noué, son râteau sur le sol, quelques feuilles encore par terre. Le lieu du crime.

Un quiscale qu'elle ne voit pas pousse son cri strident à répétition, comme pour la traiter de tous les noms.

Comme elle, elle a traité Frédérique... Mais qu'est-ce qu'elle va bien pouvoir faire pour arranger les choses?

CHAPITRE 10

Debout à côté du sac de feuilles mortes, Sébastien est mortifié. Et déconcerté.

Qu'est-ce que c'est que cette réaction-là ? Qui pourrait m'aider à décoder les humeurs d'une fille ? Une autre fille, peut-être ?

Il se tourne vers une Frédérique abasourdie et blessée. Aucune chance qu'elle comprenne quelque chose à ce qui vient de se passer, elle qui connaît à peine Florence. Sébastien la prend par le bras pour l'inciter à quitter les lieux au plus vite, comme si s'en éloigner pouvait leur faire oublier ce qui vient de s'y passer.

— Qu'est-ce que je lui ai fait, Sébastien ? demande Frédérique d'une voix tremblotante.

Elle attend une réponse qu'il ne peut pas lui fournir.

— Rien. Ne pense plus à ce qu'elle t'a dit. Allons plutôt voir ce qui retient Jeff. Tu sais, Florence n'est pas comme ça, d'habitude. Je crois que c'est moi qui l'ai fâchée, et sa colère est malheureusement retombée sur toi…

Jamais je n'aurais cru qu'elle tenait autant à ce que la cabane reste secrète… Je ne m'explique pas pourquoi elle s'est vengée sur Frédérique du fait que je veuille l'emmener là-bas. Elle m'aurait traité de traître, j'aurais compris… Elle est sortie de ses gonds un peu après que j'ai mentionné que Jeff venait également. C'est peut-être ça, le déclencheur ? Elle aura deviné que je veux réunir Jeff et Frédérique et elle est jalouse ! C'est pour ça qu'elle est fâchée contre elle et pas contre moi ! Horreur ! Que vais-je faire si elle tient à Jeff à ce point-là ?

— On devrait faire demi-tour, dit Frédérique en s'arrêtant de marcher. Je vais aller m'expliquer.

— Il n'y a rien à expliquer. C'est elle qui est fâchée. Laissons-la.

Il a eu envie, lui aussi, de courir derrière Florence. Toutefois, ce qu'elle a dit à Frédérique est si méchant qu'il a besoin de temps pour le digérer.

— Je lui parlerai à l'école, demain. Tiens, voilà Jeff. On ne lui dit rien, d'accord ?

Après une nuit entière à réfléchir et à tout retourner dans son esprit, Sébastien est convaincu qu'il a raison. Florence s'est sentie menacée. Rien d'autre ne peut justifier une telle montée d'agressivité. Reste à savoir ce qui la dérange le plus entre les deux hypothèses qu'il a échafaudées :

❶ A-t-elle peur de perdre Jeff aux mains de Frédérique ?

❷ Se sent-elle trahie par le fait qu'il veuille emmener Frédérique à la cabane ?

Dans les deux cas, je suis responsable, se dit-il en prenant place dans l'autobus. *J'aurais dû la mettre dans la confidence quand j'ai commencé à bâtir mes plans. Dès que j'en aurai la chance, aujourd'hui, je vais tirer ça au clair.*

Mais seul Jeff se présente à l'arrêt.

— Florence est malade, annonce-t-il. Elle m'a téléphoné tantôt. Ça devait être ça qu'elle couvait, hier soir.

Pour expliquer son refus de les accompagner, Sébastien a dit à Jeff que leur amie ne se sentait pas bien. Il ne doute pas qu'aujourd'hui ce soit vrai, si elle éprouve ne serait-ce que la moitié de sa culpabilité à lui.

J'espère qu'elle en arrache au moins autant que moi. Elle le mérite, après ce qu'elle a proféré…

Quand sa mère et Vincent partent travailler, Florence commence par recoudre la tête de son petit chat. Le travail manuel l'aide à réfléchir. Il n'y a pas trente-six façons d'alléger sa conscience : elle doit absolument présenter des excuses à Frédérique. Après, elle pourra affronter Sébastien. Et ça, ce sera une autre paire de manches.

Pour l'instant, elle retrousse les siennes, termine sa couture, exécute ses devoirs de nombreuses fois repoussés. Une sentence qu'elle s'impose et qu'elle purge en pensant constamment à Frédérique.

Ce n'est que vers dix-neuf heures que Florence réussit à entrer en contact téléphonique avec sa victime, au terme de plusieurs appels faits pour remonter jusqu'à quelqu'un qui connaissait son numéro. Frédérique n'était pas chez sa mère, qui lui a donné celui de son père… Bref, des démarches fastidieuses que Florence prend comme un supplément à sa punition. Le pire reste toutefois à venir : après le châtiment vient la réparation.

C'est d'une voix fatiguée, et pas très assurée, que Florence s'annonce au bout du fil :

— Frédérique ? C'est Florence.

Pourvu qu'elle ne lui raccroche pas au nez.

— Ah. Salut. Ça va ?

— Non, pas très. Je… Je veux m'excuser sincèrement de ce que je t'ai dit hier.

Ouf ! C'est dit ! Maintenant, elle peut raccrocher !

— Sébastien m'a expliqué que vous gardiez votre cabane à l'abri des curieux. Je voulais juste y aller pour voir comment aider mon petit frère à construire la sienne sans briser trop d'arbres.

Est-ce que ça se peut réellement que ça n'ait été que ça? Ou c'est une excuse forgée par Sébastien? Ah... il faut que Florence donne la chance au coureur: elle appelle pour s'excuser, pas pour entreprendre une autre chicane...

— Notre cabane est un modèle, pour ça. La mère de Jeff y tenait!

— C'est ce que Sébastien m'a dit.

Sébastien lui parle de Carole? Florence se force à relaxer. Elle change de sujet.

— Comme ça, tu as un petit frère?

— Oui. Il est en cinquième année. J'ai aussi une sœur de treize ans.

Et ses parents sont séparés. Florence ignorait tout de cette fille.

— Frédérique? Je me rends compte que je ne te connais pas beaucoup. Je te trouve sympathique, au fond, et surtout pas rancunière. J'aimerais tellement effacer ce que je t'ai dit hier... Je ne le pensais pas. Vraiment pas.

— Alors, c'est oublié!

— Si jamais tu as besoin d'aide, n'importe quoi, n'hésite pas. Je veux me faire pardonner.

Un petit rire résonne à son oreille.

— Ne te casse pas la tête. C'est déjà oublié, je te jure.

Quel soulagement! Songeuse, Florence repose le combiné. Elle se dit qu'elle devrait donner également signe de vie à Sébastien, mais ne se sent pas prête. Il ne se contentera pas d'une petite explication, lui. Elle va devoir l'éviter jusqu'à ce qu'elle trouve les bons mots.

C'est pourquoi elle a supplié sa mère de la déposer à l'école le lendemain matin, pour ne pas croiser Sébastien dans l'autobus. Mélanie lui a dit oui sans broncher, ce que Florence trouve un peu louche. Mais, trop heureuse de bénéficier de ce service sans avoir de comptes à rendre, elle se tait et en profite. Ce n'est qu'une fois la journée écoulée qu'elle comprend l'attitude de sa mère. Celle-ci vient l'aider à remplir le lave-vaisselle après le souper.

— Laisse, maman! C'est mon tour.

— Je veux te parler. Tu n'as pas l'air dans ton assiette. Des problèmes de cœur?

Florence a failli casser un verre.

— Tu ne vas pas commencer à me taquiner avec ça!

— Te taquiner ? Tu le dis comme si je prenais ça à la légère ! Moi, je te sors mon hypothèse la plus sérieuse.

Profitant de ce que sa fille n'a pas encore trouvé de mots pour rouspéter, Mélanie poursuit sur sa lancée.

— Tu fais peur à voir, Florence. La vérité, c'est que tu ressembles à un zombie.

— C'est pour l'Halloween qui approche, bougonne l'adolescente.

— Bon… Écoute, si tu ne veux pas m'en parler, ça ne me fâche pas, mais confie-toi à quelqu'un.

— Je ne vais toujours bien pas parler de mes problèmes à Vincent !

Surprise, Florence voit des larmes perler dans les yeux de sa mère. Elle se radoucit aussitôt.

— Maman ! Combien de fois faudra-t-il que je t'assure que j'aime beaucoup Vincent ? C'est juste que c'est personnel…

Déjà, les pleurs ont disparu. C'est une Mélanie emplie de sollicitude qui murmure :

— Je sais, chérie. Mais je suis sérieuse, confie-toi. À Mylène, ou à grand-papa qui vient de rentrer de voyage, mais à quelqu'un. Tu m'inquiètes.

— Ah! Bien, comme ça, tu goûtes à ta propre médecine!

Devant l'air interrogateur de sa mère, Florence ajoute, moqueuse :

— Je ne sais pas si tu es au courant, mais tu n'es parfois pas loin du zombie toi-même. Des problèmes de cœur, toi aussi?

— Moi *aussi*! répète Mélanie sur le même ton. Alors, j'ai raison!

Et Florence qui pensait avoir déstabilisé Mélanie! Elle s'est plutôt replongée dans l'eau chaude. Fermant la porte du lave-vaisselle, elle se met à essuyer le comptoir avec vigueur.

— Je vais suivre ton conseil et parler avec Mylène. Et grand-papa aura une visite du vendredi, demain. Ça te va?

— Oui... C'est qui, l'heureux élu?

Florence lance le torchon au visage de sa mère.

— Je ne sais pas comment Vincent fait pour t'endurer! lance-t-elle avec une grimace avant de quitter la pièce.

Une heure plus tard, Florence doit admettre que le conseil de sa mère n'était pas si bête : se confier à son amie l'a libérée d'une partie de ses tracas. Assises sur le lit de Mylène, les deux adolescentes ont discuté. Florence a commencé :

— Je n'étais pas vraiment malade, hier.

— Non ? s'est étonnée Mylène.

— Non. J'avais fait une folle de moi mardi soir et je n'avais pas le courage d'affronter Sébastien après ça.

— Sébastien ?

Mylène semblait déroutée. Florence s'est jetée à l'eau.

— Bon… Je t'expose la totale. J'ai fait une crise de jalousie. Parce qu'il voulait montrer notre cabane à Frédérique.

— Recule, là… Tu as fait une crise de jalousie… à Seb ?

— Oui. Pour une fois, je suis amoureuse d'une vraie personne, pas juste d'un acteur inaccessible… Et le probl…

— Tu me laisses le temps de respirer? a coupé Mylène, estomaquée. T'es en amour. Avec Seb. Et la crise?

— J'y venais. Mon problème, c'est que je pense que Frédérique court après lui.

— *Shit* !

— Exactement. Faut que tu m'aides. Qu'est-ce que je fais?

Mylène a pouffé.

— Relaxe! Première chose à faire! Pour le reste, je ne sais pas, moi… J'avoue que tu t'es fourrée dans une drôle de situation! Ça demande réflexion…

— Je fais juste ça, réfléchir! Demain, je vais aller voir mon grand-père; d'habitude, il sait quoi me dire, lui…

— C'est la voix de l'expérience! a énoncé Mylène avec bouffonnerie, l'index dressé. T'es chanceuse d'avoir Robert. J'aimerais bien te l'emprunter de temps en temps! Il est *cool*…

— Oui… C'est un hybride entre un père et un ami, quoi !

Florence quitte son amie rassérénée, même si elle n'a pas plus de solution qu'avant. Mylène l'assure qu'elle va essayer de l'aider à y voir plus clair. Quand elle dit qu'elle va réfléchir à tout ça, Florence la croit… Elle avait l'air résolu qu'elle prend devant un problème de math compliqué. Florence regrette seulement de ne pas lui en avoir parlé avant : Mylène est super bonne en math ! Presque autant qu'en amitié…

Restée seule, Mélanie s'assoit au salon, sa tisane devant elle. Cette conversation avec sa fille est la preuve indéniable que les choses doivent aboutir au plus vite. Demain matin, elle va téléphoner dès l'ouverture des bureaux et insister pour obtenir un rendez-vous le plus tôt possible. Elle prendra une demi-journée de congé s'il le faut, mais elle tient à aller voir en personne où en sont rendues les démarches. On lui avait promis des résultats sous peu ! D'ici là, il faudrait qu'elle fasse attention à ne pas laisser paraître son anxiété… Un *zombie*, elle ?

Ses bonnes résolutions sont difficiles à tenir. Florence est partie depuis un bon moment déjà quand Vincent s'installe sur le divan, près d'elle.

— Dis-moi ce qui se passe dans ta tête, implore-t-il en lui caressant doucement le bras. Qu'est-ce que tu fais, assise ici, sans livre ni télévision ? À quoi tu penses, les yeux dans ta tisane ? Tu n'es plus la même ces derniers jours et je me torture l'esprit à essayer de deviner ce que j'ai pu dire ou faire pour...

— Oh non ! Tu n'y es pour rien, s'empresse de dire Mélanie, contrite.

— Alors, il y a bien quelque chose. Explique-moi.

Voilà le moment venu, pense-t-elle en quittant du regard le liquide froid. Les dés sont jetés, plus question de se défiler.

— Je ne sais même pas par où commencer, dit-elle après avoir déposé sa tasse sur la table basse. Je me lance comme ça vient... Tu as le temps ? Ça peut être long...

— Tu m'intrigues...

Il n'a même pas l'air inquiet ; ça viendra bien assez vite... S'il savait ce qui va lui tomber sur la tête ! Elle, à sa place, s'affolerait dès les premières phrases…

— J'espère que tu ne seras pas fâché que j'aie entrepris tout ça sans te mettre plus tôt dans la confidence. Laisse-moi parler jusqu'au bout avant de dire quoi que ce soit…

— Je veux bien, mais viens-en au fait !

Vincent sourit doucement.

— Tu peux y aller, poursuit-il. Je ne dis plus un mot.

Il n'est pas inquiet. Soulagé, plutôt, de ne pas être la cause des tracas de Mélanie. Respectueux, il attend sans insister, mais espère enfin savoir de quoi il s'agit. Pour se donner du courage, la femme prend une grande inspiration et se lance.

— C'est à propos de Florence…

La Florence en question revient à la maison d'un pas alerte, le cœur plus léger. L'air particulièrement doux de cette soirée l'incite à s'attarder un moment au pied de son frêne, pour réfléchir. Cependant, la fraîcheur du sol la décourage rapidement, et elle décide de rentrer par la porte-fenêtre. Personne dans la cuisine, constate-t-elle. Parfait! Elle décide de se rendre directement à sa chambre, traversant la cuisine à pas de loup.

— C'est à propos de Florence…

Entendre prononcer son nom la fait sursauter et l'attire vers la source de la voix. Mélanie est sans doute avec Vincent… Impulsivement, la jeune fille s'approche de l'entrée du salon, toujours sur la pointe des pieds, et s'immobilise, hors de vue. Mélanie poursuit:

— J'ai engagé un détective privé pour retrouver la trace de son père.

Non seulement Florence sent-elle son cœur battre plus vite, mais elle perçoit aussi le souffle rapide de sa mère qui, visiblement nerveuse, enchaîne:

— Tout ce que j'ai de lui, c'est une vieille photo que je conservais au fond d'une boîte à souliers. Je l'ai à peine connu… L'espace de quelques semaines… Il est parti avant même que je sache que j'étais enceinte et jamais je n'ai cherché à reprendre contact. Je l'ai tellement éliminé de ma mémoire que je ne me souvenais même pas de son nom exact, tu te rends compte ? Je l'appelais Jean, mais il me semble qu'il avait un nom composé, comme Jean-Luc ou Jean-Marc… Je ne suis même pas sûre que je le reconnaîtrais si je le voyais en photo, maintenant… J'ai eu l'air tarte, Vincent, crois-moi, chez le détective…

Florence rebrousse chemin jusqu'à la porte-fenêtre, plus zombie que jamais. Elle se retrouve dehors, sur le patio, et s'assoit sur une marche pour récupérer. Et réfléchir.

Voilà qui expliquait une partie des cachotteries… La boîte à souliers, le bottin…

Son *père* ? Pourquoi Mélanie voudrait-elle le retrouver maintenant ? Maintenant qu'elle l'a élevée, qu'elle est heureuse avec Vincent ? De son côté, Florence n'en ressent pas le besoin. Ce ne serait qu'un inconnu…

La tension qu'elle a devinée dans la voix de Mélanie ne l'atteint décidément pas. Est-elle normale, de ne pas vouloir connaître son géniteur ? La seule nouveauté qu'elle rêve d'avoir dans sa vie reste Sébastien… Elle sort son téléphone de sa poche arrière et écrit à Mylène :

J'AI TROUVÉ
PRQUOI MA MÈRE
EST BIZ. TU DEVINERAS JMS...

Elle sourit en échangeant quelques messages avec lesquels elle met Mylène au courant. Pendant ce temps, à l'intérieur, Mélanie poursuit des explications qui dérangent Vincent, mais qui auraient été bien utiles à Florence. L'homme s'est automatiquement crispé après l'annonce de sa conjointe. À demi tourné vers elle, sur le divan, il serre involontairement les poings.

— Et après ? la presse-t-il.

— Ne te fais pas d'idée ! Ce n'est pas un amant que je cherche, mais le père biologique de Florence. C'est juste que la mort de Carole m'a fait réfléchir… S'il m'arrivait quelque chose, sur qui se reposerait Florence ?

— Mais… je suis là, moi !

Mélanie se déplace pour approcher son visage tout près de celui de son amoureux. Elle prend ses mains et ajoute :

— C'est justement là que je ne veux pas que tu sois fâché, Vincent. Tu sais que Florence t'adore, et je trouve que tu es super avec elle. Tu es là pour elle autant que pour Joanie et ça me rassure beaucoup, *moi*. Je t'aime et je te fais confiance pour tout, mais je ne suis pas sûre que ce soit assez pour Florence. J'ai peur que, s'il m'arrivait quelque chose, il ne lui reste que mon père comme point d'ancrage, et il est lui-même parti la moitié du temps. J'ai peur qu'elle ne sache plus vers qui se tourner en cas de malheur, et ça me gruge par en dedans.

Elle se tait, les yeux pleins de larmes, et fixe Vincent d'un regard implorant. Il l'embrasse sur le front et, la voix enrouée par l'émotion, résume la situation :

— Tu m'aimes. Tu ne veux pas te remettre avec Machin-Truc. Si tu le trouves. Tu veux juste faire ce qu'il y a de mieux pour Florence.

Elle acquiesce, sans pouvoir parler. Sans savoir ce qu'il pense.

— Tu ne serais pas un peu jaloux, malgré tout ce que je viens de te dire pour éviter que tu le sois ? finit-elle par demander.

— Très. Et ne ris pas. Je suis jaloux à cause du retour possible de ton ex, mais aussi à cause de Florence. J'aurais vraiment aimé être *assez*, pour elle aussi.

— Je suis désolée si mon choix de mot t'a blessé, mais c'est comme ça entre toi et Florence. Vous êtes très amis, elle t'aime beaucoup et me l'a encore dit tantôt. Elle apprécie que tu sois bon pour moi, mais, pour elle, tu n'es pas un père. Avoue qu'on a convenu depuis le départ que c'était correct comme ça. Je n'ai jamais voulu t'obliger à être responsable d'elle. On a toujours fait la part des choses à ce niveau-là et c'est peut-être ce qui l'a empêchée de se rapprocher de toi. Tu es entré dans sa vie quand elle avait quinze ans, c'était déjà tard.

— Et ton… et Chose, le gars, l'autre, lui, il va arriver sans prévenir à l'aube de ses dix-sept ans ? Tu penses que ça va être mieux, qu'elle va lui sauter au cou et crier : « Papa, je t'aime ! » et qu'il va déménager la porte à côté et être là pour elle pour toujours ? Il va dire quoi, le futur papa ?

Mélanie serre les mains de Vincent et appuie sa tête un moment contre son épaule pour rassembler ses idées. Il est amer. On le serait à moins. Ça ne se passe pas bien du tout…

— Chose-le-gars-l'autre-lui est encore perdu dans la nature, je te rappelle. J'ai effectué les démarches sans t'en parler, mais, à partir d'ici, on est deux. Deux avec une décision à prendre. On poursuit les recherches ou, si tu me le demandes, je dis au détective de tout abandonner. Je suis sincère.

— Tu ne peux pas me faire passer avant Florence, tu le sais bien…

— Non, mais avant mes inquiétudes superficielles, oui.

Vincent dévisage Mélanie qui essaie de chasser les pleurs de ses yeux à grand renfort de clignements de paupières, puisqu'elle ne veut pas laisser les mains de Vincent. Un long moment s'écoule. Il réfléchit. Elle attend, au fil des larmes qu'elle ne réussit plus à contenir et qui roulent maintenant une à une le long de ses joues.

— Je crois, dit enfin Vincent, que tes inquiétudes sont justifiées. Il n'y a rien de superficiel à vouloir le bien de ta fille. Si tu penses qu'elle a besoin de connaître son père, continue.

Immensément soulagée, Mélanie essuie ses joues larmoyantes.

— Merci… Pour moi, tu es plus qu'assez, tu sais !

Toujours dehors, Florence essaie brièvement de comprendre ce qui motive sa mère, mais elle n'arrive pas à s'y attarder, ses propres pensées étant monopolisées par Sébastien et son estime à regagner. Elle envoie un dernier texto à Mylène.

TU JURES DE RIEN DIRE
POUR MA MÈRE ET
SURTOUT POUR SEB!!!

Florence se lève, range son téléphone et contourne la maison, le cœur léger malgré tout. Elle va rentrer par en avant, comme si de rien n'était, et attendre tout bonnement que sa mère lui parle de ses projets… si elle s'y décide un jour. Ou peut-être Florence lui dira-t-elle de tout abandonner… Pour l'instant, elle n'a *tellement* pas l'esprit à ça, obnubilée qu'elle est par Sébastien.

Le lendemain, lorsqu'elle va voir son grand-père, Florence réussit à tenir sa langue. À quoi bon le déstabiliser avec la nouvelle? Comme il lui a servi de père jusqu'à ce jour, il pourrait en prendre ombrage, ce que se dit sûrement Mélanie aussi… De toute façon, la jeune fille a d'autres chats à fouetter.

— Ah, grand-papa… si tu savais la chance que tu as de ne plus être un adolescent! J'ose espérer qu'en vieillissant, on dit un peu moins d'âneries!

Elle prend une gorgée de jus sans quitter Robert des yeux. Accoudé près d'elle au comptoir de la cuisine, il sourit.

— Qu'est-ce que tu as bien pu dire qui t'affecte à ce point ? Tu as le regard triste…

— Je te résume en trois phrases : Je suis dans de beaux draps parce que j'ai laissé parler la jalousie sans réfléchir avant. À cause de ma stupidité, je suis en froid avec Sébastien. Je suis tellement malheureuse que maman s'en est aperçue et m'a traitée de zombie.

— Si tu veux de l'aide, cocotte, va falloir être plus explicite.

Florence a l'impression d'être dans le box des accusés quand elle raconte tout à son grand-père par le menu détail. Il reste longtemps muet, après, et elle a peur de l'interrogatoire qu'il semble préparer.

— Moi, je pense qu'il n'y a pas juste la cabane que tu veux garder secrète. C'est un prétexte pour cacher ce que tu as là, affirme-t-il en désignant son cœur. J'ignore si on dit moins d'âneries en vieillissant, mais je sais que c'est très mature de t'être excusée comme tu l'as fait. Il te reste juste à parler à Sébastien. Rendue là, je ne sais pas ce que tu peux faire d'autre. Il faut que tu recouses les morceaux.

Recoudre les morceaux, comme elle l'a fait avec son chat porte-clés, se dit Florence en se levant le samedi matin, le chat en question entre les mains.

Ça va lui prendre du fichu de bon fil…

CHAPITRE 11

À peu près au moment où Florence pense à lui, Sébastien aide son père à enlever le filet protecteur de la piscine, rempli de feuilles mortes. En dessous, l'eau repose, tranquille, dégagée des détritus végétaux. L'adolescent ne peut s'empêcher d'établir un parallèle avec ce qu'il vient d'apprendre au téléphone, juste avant de sortir dehors. Ce que Mylène lui a relaté lève un lourd voile sur son esprit encombré d'idées aussi pourries que les feuilles agglutinées dans le filet.

C'est en sifflotant qu'il travaille avec son père, heureux à la pensée de ce qu'il fera, une fois ses tâches automnales accomplies.

Florence n'a aucune idée de ce qui l'attend… À mon tour d'avoir l'avantage !

Mélanie s'est réveillée de très bonne heure, pour un samedi. D'abord, parce que Vincent devait partir tôt pour accompagner Joanie à une compétition de patin, mais surtout parce qu'elle est énervée : elle va rencontrer son détective privé en début d'après-midi.

Dommage qu'il n'ait pas pu la recevoir plus tôt... Chaque minute qui passe accroît son anxiété. Enfin, Mélanie peut deviner que quelque chose ronge toujours Florence, qui s'est levée avec le regard perdu... Si elle avait pu espionner les conversations de sa fille avec Mylène et Robert, elle l'aurait fait. Non pas qu'elle meure de curiosité, mais juste pour dissiper ses soucis. Rationnellement, elle se dit que si c'était grave, son père lui en aurait certainement parlé. Ce qui la ramène à sa théorie des problèmes d'amour...

Le temps ensoleillé pousse Florence à sortir, peu après avoir dîné. Elle a bien dormi, bien que quelque chose la chicote à propos des recherches de sa mère. Elle voudrait arriver à compartimenter son cerveau pour laisser libre cours à ses pensées sur ce sujet, mais les émotions prennent le dessus. Son esprit est constamment accaparé par le tourment qui la consume quand elle repense au visage affligé de Sébastien, après la remarque blessante qu'elle a lancée à Frédérique… Il faut qu'elle trouve le moyen de régler ça.

Une couverture de laine sous le bras et les écouteurs de son *iPod* enfoncés dans les oreilles, la voilà armée pour une petite séance de réflexion… Rythmés par la musique, ses pas la mènent à la cabane. Se retrouver là où le conflit a pris sa source l'aidera peut-être à prendre une décision.

Une fois à l'intérieur, à l'abri du vent d'automne, Florence s'assoit sur la vieille couverture et s'adosse contre le mur de bois. Elle joue distraitement avec son *iPod*, qu'elle a éteint, et revoit en mémoire la scène où elle a si élégamment envoyé promener Frédérique. Elle se frotte les yeux pour chasser d'autres souvenirs, plus anciens, qui remontent à la surface. Sébastien avec l'Échalote à l'école, à la boutique, sortant du gymnase en riant.

Le fil de son lecteur enroulé entre les doigts, elle se rend à l'évidence : ces deux-là sont en voie de devenir inséparables. Ils sont comme ses écouteurs, parfois éloignés, mais reliés par le fil solide de l'amitié…

Et c'est encore beau si ce n'est que de l'amitié… S'il y a déjà plus que ça entre eux, Florence est même prête à l'accepter, si ça rend Sébastien heureux. Enfin, presque prête… Parce que ça lui fait quand même mal de l'imaginer avec une autre.

Très mal.

Des larmes commencent à rouler sur ses joues. La jeune fille les laisse tracer leur chemin sans chercher à les essuyer. Même si elle vient de décider de ne pas s'immiscer entre Frédérique et Sébastien, elle a toujours désespérément envie que ce soit elle, l'élue…

Les yeux fermés, elle pleure sur son sort, se demandant comment survivre aux amours de Sébastien se déroulant sous son nez. Être constamment assaillie par les tiraillements de la jalousie lui est devenu familier. Elle s'est habituée à trimbaler cette douleur partout, mais, jusque-là, celle-ci était diluée par l'espoir.

— Florence ?

Elle ouvre les yeux pour constater que Jeff se tient devant elle, l'air hagard.

Elle ne l'a même pas entendu arriver tellement elle était occupée à faire pitié. Il n'a pas l'air plus réjoui qu'elle. Si ça se trouve, il est même pire…

Florence essuie promptement ses joues avec ses manches. Jeff s'assoit par terre, près d'elle.

— Je peux rester un moment ? demande-t-il. Je ne te dérangerai pas. Tu peux même écouter ta musique.

La jeune fille apprécie qu'il ne lui demande pas pourquoi elle pleurait. Il dit seulement, en dépliant ses longues jambes :

— Moi aussi, ça me prend, quand j'épluche des oignons.

Il réussit à la faire rire. Brièvement. Douloureusement. Elle partage un coin de sa couverture, puis appuie sa tête contre l'épaule de Jeff. Sans le regarder, elle fait remarquer doucement :

— La cabane, c'est l'endroit idéal pour venir réfléchir.

Elle peut deviner la boule dans la gorge de son ami quand il annonce :

— C'est l'anniversaire de ma mère, aujourd'hui.

Elle compatit. Elle repense à l'anniversaire de Luc, le père de Jeff, qui l'avait aussi bouleversé. Puis à tous les autres événements que son ami aura à vivre sans Carole : son propre anniversaire en novembre, Noël, la fête des Mères…

Florence passe son bras sous le sien et se remet à sangloter, sans savoir si elle pleure davantage pour lui ou pour elle-même. Quand elle lève la tête, elle croise les yeux rouges de Jeff et comprend qu'elle a – à tout le moins – pleuré *avec* lui…

D'un ton écorché, il explique :

— Mon père s'est mis en tête de faire une plate-bande de tulipes ce matin. Il a arraché un carré de pelouse, a retourné la terre, puis a commencé à planter des bulbes. Il m'a proposé de l'aider, m'a dit qu'il se sentait plus proche de maman à travailler la terre.

Comme il prononce le mot « maman », un sanglot lui altère la voix. Il continue quand même.

— La sœur de ma mère nous a offert de l'accompagner au cimetière. Papa préfère les tulipes. Et moi… moi…

— C'est ici que tu te sens le plus proche d'elle ?

— C'est ici que ça me fait le moins mal de penser à elle...

Jeff fixe un point dans le vide et se tait. Florence respecte ce silence, consciente que les soucis de Jeff sont autrement plus sérieux que les siens. Elle a presque honte de s'être ainsi apitoyée sur son sort. Malgré sa peine, Jeff lui adresse un sourire et poursuit :

— Tu sais, Flo, c'est grâce à Sébastien et à toi si j'ai partagé autant de bons moments dans la nature avec ma mère. Si vous n'aviez pas décidé de construire cette cabane, j'aurais passé mon temps à faire des paniers dans la cour. Je n'aurais pas le souvenir de toutes les fois où on est venus ici, avec elle.

— Elle nous a souvent accompagnés, c'est vrai.

— Ce matin, en prenant conscience de la date, ma douleur est revenue.

— Revenue ?

— Oui. Celle du début, vive, qui coupe le souffle, qui rend les aliments fades, qui donne le goût de tout détruire...

— Tu ne nous as jamais dit ça, murmure Florence, les yeux mouillés. On… on aurait fait quelque chose pour t'aider.

— Oh… Florence… Vous passez votre temps à m'aider, Sébastien et toi ! Tu ne t'en rends pas compte ?

Sceptique, elle le dévisage. Ses yeux gris sont si solennels qu'elle ne doute pas un seul instant qu'il soit sérieux. Elle demande :

— On t'aide *vraiment* ?

— La douleur me suit partout, de plus en plus tolérable au fil des semaines. Sauf aujourd'hui… Aujourd'hui, j'ai l'impression que le temps qui passe ne réussit qu'à éloigner de ma mémoire les souvenirs tangibles de ma mère. Mais la sensation de pouvoir compter sur ma famille et sur vous deux, elle, ne s'efface jamais. Ce que j'essaie de dire, c'est que vous me gardez à flot. Vous m'empêchez de devenir fou… enfin, plus fou que je ne le suis déjà…

Florence sourit à travers ses larmes quand Jeff conclut :

— Merci, Flo.

Elle secoue la tête.

— Non. Merci à toi.

Grâce à Jeff, elle vient de comprendre que ça importe peu, au fond, que Sébastien sorte avec une autre. Ce qu'elle ne veut pas perdre, c'est l'amitié précieuse qu'ils partagent. En contrepartie, si elle pouvait se débarrasser de la jalousie, ça ferait son affaire. C'est une douleur bien inutile, dont elle arriverait facilement à se passer !

Quand Jeff part, Florence reste dans la cabane à se demander comment regagner l'estime de Sébastien. Elle a tellement peur de ne pas y parvenir...

Envahi par des émotions diverses, Jeff retourne lentement vers la maison. Le cœur plus léger qu'à l'aller, il prend conscience que – comme toujours – se confier à son amie l'a soulagé. Il n'appréhende plus autant le reste de sa journée. En prime, il est satisfait d'avoir enfin réussi à trouver les mots justes pour exprimer sa gratitude à Florence. Seule ombre au tableau : il aurait aimé effacer la tristesse de ses yeux.

Qu'est-ce qu'elle peut bien avoir ? se demande-t-il en s'amusant à soulever les feuilles mortes du bout de ses espadrilles. Peut-être aurait-il dû insister davantage pour le savoir…

Jeff envisage sérieusement de revenir sur ses pas quand il croise Sébastien.

— Jeff! As-tu vu Florence? Sa mère m'a dit qu'elle devait être quelque part par ici.

— Elle est à la cabane. Tu y vas?

— Oui. Tu en arrives?

Jeff acquiesce. Avant que son ami s'éloigne, il ajoute vivement:

— Seb? Je ne sais pas ce qu'elle a, Florence, mais ce n'est pas la grande forme.

Un sourire énigmatique fend le visage de Sébastien.

— Je sais ce qui la travaille. C'est pour ça justement que je vais la voir.

Une pointe de curiosité chatouille Jeff. Discret, il se contente de soupirer, soulagé du poids de l'inquiétude.

— Tant mieux. Vas-y vite, alors.

Et tandis que Sébastien disparaît rapidement entre les arbres dénudés, Jeff rejoint son père, à genoux près de la nouvelle plate-bande.

— Pa ?

— Quoi ?

— Je vais t'aider à finir. As-tu dévalisé le centre jardinier ? Tu as quoi, cinq ou six douzaines de bulbes ?

Le sourire heureux de son père panse la mélancolie qui guettait Jeff. Avec lui, il enfouit le reste des bulbes dans la terre, ponctuant leur travail d'anecdotes sur sa mère. Muet au début, son père se joint bientôt à l'exercice, y allant de quelques souvenirs. Jeff remarque que c'est la première fois depuis le décès de sa mère qu'ils réussissent à parler d'elle *joyeusement*.

Pourvu que ça dure… et pourvu que Sébastien réussisse à faire retrouver sa gaieté à Florence !

Dans ce sentier qu'il connaît par cœur, Sébastien foule le sol à grandes enjambées. Avant de croiser Jeff, il savait déjà dans quel état d'esprit il allait trouver Florence, puisque, quand il est passé la chercher chez elle, Mélanie lui a mis la puce à l'oreille.

— Oh, Sébastien! C'est le ciel qui t'envoie! Florence est allée marcher, lui a-t-elle dit en pointant le pouce en direction du boisé.

— Toute seule?

— Oui. Voudrais-tu essayer de la rejoindre et de lui parler? Je dois partir pour un rendez-vous et je ne serai plus ici à son retour. De toute façon, elle te parlera sûrement plus qu'à moi...

La femme n'arrêtait pas d'agiter ses clés, qu'elle tenait à la main, visiblement anxieuse. À travers le cliquetis agaçant des morceaux de métal, Sébastien a pêché quelques renseignements supplémentaires:

— Florence ne va pas bien?

— Elle a des hauts et des bas, ces temps-ci. Quand elle est sortie, tantôt, je l'ai interrogée sur son air soucieux. Je sens que je l'exaspère avec mes questions, mais je ne peux pas m'en empêcher. Elle ne veut pas me dire ce qu'elle a. Elle m'a seulement répondu qu'elle avait l'impression d'avoir commis une erreur fatale, qu'elle se sentait comme un ordinateur quand s'affiche sur l'écran une boîte de message avec un code d'erreur.

— C'est bien Florence, ça! Elle exagère facilement, vous savez.

— Je lui ai dit que l'ordi n'explose pas pour autant et qu'on peut toujours le redémarrer et repartir à zéro, même si on a perdu un bout de travail.

— Bon conseil. Je sais à quelle erreur elle fait allusion.

— Tu vas aller la voir ? Moi, son attitude me déroute totalement. Tu penses vraiment que tu pourras l'aider ?

Mélanie semblait plutôt sceptique quant au succès de l'entreprise ! Sceptique, et exagérément inquiète.

— Rassurez-vous ! Je cours la rejoindre !

Sébastien la quitte, s'efforçant de tenir sa promesse : il marche aussi vite qu'il le peut sans risquer de buter contre une racine ou une roche.

Je vais réparer ça, moi, cette erreur fatale !

Les yeux fermés, Florence essaie de laisser la musique calmer les émotions générées par le passage de Jeff. Elle a hésité à l'accompagner, mais s'est dit qu'il allait retourner avec son père, là où était sa place en une journée comme aujourd'hui.

Il y trouvera son réconfort, comme elle cherche elle-même le sien.

À travers les accords, elle tente de frayer son chemin jusqu'au bon sens, c'est-à-dire de se convaincre de nouveau que l'amitié de Sébastien est tout ce qui compte pour elle.

Pas facile.

Sébastien arrive en vue de la cabane, en vue de Florence. Il remarque tout de suite qu'elle a ses écouteurs dans les oreilles. Il la connaît tellement bien... Elle affiche le demi-sourire qui marque immanquablement son visage quand elle s'abandonne à un morceau de musique qui lui plaît davantage. Il adore qu'elle soit aussi passionnée par de petites choses, comme de donner une deuxième vie aux objets. Impossible de savoir si elle porte un de ses colliers sous son chandail en polar, mais le léger foulard qu'elle a entortillé autour de son cou a bien sauvé de la poubelle une demi-douzaine de chaussettes trouées !

Il s'approche doucement.

Tant mieux si la musique la réconforte un peu... Dommage que je doive l'interrompre !

Florence a presque réussi à reléguer au second plan toutes les images mentales dérangeantes des derniers jours, comme on réduit les pages ouvertes à l'ordinateur pour qu'il ne reste sur l'écran que le bureau, avec ses icônes habituelles, réconfortantes. Mais les premières notes d'une chanson qui lui rappelle un peu trop Sébastien s'élèvent soudain, ravivant son vif désir d'être plus que son amie. Comme elle a rêvassé à lui en écoutant cette mélodie, s'imaginant de mille façons le moment où ils s'avoueraient leurs sentiments!

Florence consulte l'afficheur de son *iPod* pour choisir une autre chanson, quand, du coin de l'œil, elle aperçoit justement son ami. Son cœur manque deux ou trois battements avant de repartir à toute allure.

— S… Sébastien? articule-t-elle au ralenti tandis que son esprit, lui, travaille deux fois plus vite.

Mais qu'est-ce qu'il vient faire ici à son tour? Et tout joyeux, en plus! Ses amours doivent le rendre heureux. Et elle, de quoi a-t-elle l'air? Du zombie décrit par sa mère? D'un épouvantail, avec ses cheveux dépeignés et son vieux polar rapiécé? Une chose est sûre, d'une manière ou d'une autre, elle fait peur à voir… Et elle a peur. Si elle a réussi à éviter Sébastien à l'école, elle sent que son heure est venue et qu'elle s'apprête à passer un mauvais moment.

Sébastien réprime un sursaut quand il aperçoit le visage ravagé de Florence.

Mélanie n'a pas exagéré tant que ça, finalement.

Tout, dans l'attitude de son amie, respire le désarroi.

On dirait une biche apeurée, avec ce regard incertain et la façon dont elle s'est figée quand elle m'a vu arriver…

Saisi, Sébastien se retient malgré tout de ne pas lui déballer d'une traite ce qu'il est venu lui dire.

Je dois d'abord m'assurer de quelque chose d'essentiel, histoire de ne pas perdre la face…

Florence ne sait pas trop quel comportement adopter. Elle n'arrive tout simplement pas à réfléchir. Mal à l'aise, elle ne dit rien et fixe Sébastien. Comme elle adore lorsqu'il porte ce vieux tricot de coton beige qui moule ses épaules! Il a dû l'enfiler à la sauvette, constate-t-elle, attendrie. Le t-shirt blanc qu'il a mis en dessous dépasse négligemment au col et à la taille, d'un côté plus que de l'autre…

— Je peux m'asseoir ? demande-t-il en désignant le sol. Je veux te parler.

Elle soupire, puis débite très vite, d'une voix chevrotante :

— Vas-y. Je suppose que j'aurais dû t'appeler pour m'excuser, mais j'avais encore trop honte de moi. J'ai parlé à Frédérique mercredi soir.

— Je sais. Elle me l'a dit.

— Ah.

Ils se racontent tout, pense-t-elle tristement. De vrais amoureux.

Sébastien prend son temps… Le temps de respirer le parfum de l'air pur mêlé aux effluves du bois de la cabane, le temps de chercher comment commencer… Il s'assoit sur le bout de couverture laissé vacant par Jeff. Les cheveux de Florence sentent bon, comme toujours. Elle le regarde, ses yeux striés de la rougeur caractéristique de quelqu'un qui a pleuré.

Jeff non plus n'a pas menti. Dire que Florence n'est pas en grande forme est même tout un euphémisme…

Sébastien s'installe confortablement. Il en profite pour se serrer contre Florence, comme pour la réconforter. Il n'y a aucune place au monde où il aurait préféré être à cet instant. Il sent qu'il achève de démêler le fil… et ça le rend fébrile. Il dit tout bas :

— Tu sens bon…

— Ce n'est pas moi, c'est la forêt. Moi, j'ai peur.

— Quel rapport ?

— Ça pue, la peur. Ils disent ça dans les romans…

— C'est vrai que tu as l'air effrayée… Mais tu sens bon, j'ai toujours trouvé ça.

Elle ferme un moment les yeux, puis soupire :

— Pourquoi tu es si gentil avec moi ? Je ne le mérite pas.

— À cause de ton erreur fatale ?

— Ma mère t'en a parlé ?

— Elle s'inquiète pour toi. Je lui ai dit que je te remettrais sur le piton !

— Comment ?

— D'abord, j'ai compris quelque chose…

— Quoi ?

… Que c'est difficile de discuter ainsi, collé sur toi, dans cet espace exigu, sans te prendre dans mes bras…

Il essaie de lire dans les yeux de Florence pour y déchiffrer l'information dont il a besoin. Il commence :

— Tu as dit l'autre jour que tu voulais écouter chanter les libellules…

Elle se raidit, furieuse.

— Ne me rappelle pas ce que j'ai ajouté ensuite ! Ça me trotte assez dans la tête comme ça. J'ai les mots imprimés dans le front…

— C'est à ça que je veux en venir. J'ai compris que tu as trop d'imagination : tu passes ton temps à voir des choses qui n'existent pas.

— Hein ? Qu'est-ce que tu veux dire ?

— Ça n'existe pas, le chant des libellules, pas plus qu'une erreur fatale ou des mots dans le front. Tu inventes tout ça…

— Comme quoi d'autre ?

Sébastien réprime son désir de lui prendre la main pour continuer.

— Tu as imaginé, par exemple, que j'éprouvais quelque chose d'autre que de l'amitié pour Frédérique.

— Je… J'ai imaginé ça ? répète Florence d'une voix fluette.

Là, j'ai toute son attention !

Florence court après son souffle.

Comment cela se fait-il qu'il sache ça ? Elle n'a pourtant rien dit à Frédérique ! Juste à…

— Mylène t'a parlé elle *aussi* !

Florence voudrait rejoindre le petit coléoptère qui vient de disparaître entre les craques du plancher. Sébastien, lui, acquiesce tranquillement.

— Elle ne m'a *presque* rien dit…

Et c'est bien pour ça qu'il faut que je me débrouille pour apprendre le reste…

CHAPITRE 12

La tête de Florence bouillonne. Comment ça, Mylène ne lui a presque rien dit ? Ça veut dire quoi, ce *presque* ? Et elle, elle imagine *quoi* ?

Être si près de Sébastien la calme et la trouble tout à la fois. Il est visiblement venu à la cabane pour elle, et c'est rassurant. Surtout qu'il n'a pas l'air fâché. D'un autre côté, elle ne sait pas trop où il veut en venir avec ses sous-entendus… Quelque part dans son cerveau en compote, une grappe de neurones a bien une petite idée sur le sujet, mais Florence n'ose pas la laisser se développer. Sans doute qu'une autre grappe, pas loin de la première, a peur d'être déçue…

C'est pourquoi, devant le mutisme de Sébastien qui s'amuse à ériger un petit tas de terre du plat de la main, elle énonce d'une voix un peu plus assurée :

— J'ai de la misère à croire que ce qu'il y a entre Frédérique et toi sort de mon imagination…

— C'est ça, ton problème, Florence… Là où moi, je vois une branche d'arbre, toi, tu vois un support à colliers… Tu es trop créative. Tu as entortillé des événements dans ton esprit comme tu t'enroules des vieux bas autour du cou. C'est beau, d'ailleurs. J'aime bien le rayé orange…

En terminant, Sébastien glisse un index sous la chaussette en question, caressant le cou de Florence au passage. Celle-ci arrive à peine à entendre ce qu'il lui dit ensuite, tellement son cœur bat fort.

— Donc, conclut-il en baissant le bras, pour remettre les pendules à l'heure, je t'affirme que je n'ai jamais considéré Frédérique autrement que comme une amie.

La bataille entre les neurones fait toujours rage. Il y a ceux qui disent : « Il t'aime. Voilà tout. Il est venu ici pour te le dire. Excuse-toi, saute-lui au cou et on n'en parle plus ! » Et il y a l'autre clan, plus modéré : « Respire et attends.

De quoi tu vas avoir l'air si tu t'inventes ça, encore une fois ? »

L'incertitude empêche Florence de répondre. Devant son attitude perplexe, Sébastien ajoute :

— Juré.

Florence inspire longuement, et, du coup, prend conscience qu'il y a des jours et des jours qu'elle n'a pas respiré aussi profondément. Malgré les cellules qui lui dictent d'être soulagée, les sceptiques sont encore au travail :

— Mais tu passes tellement de temps avec elle...

— C'est vrai, mais c'est juste en amis. On s'entend bien.

Florence assimile. Lentement. Elle a du mal à se concentrer avec la proximité enivrante de Sébastien. Sa jambe contre la sienne diffuse une douce chaleur dans tout le reste de son corps.

S'il l'a suivie jusqu'ici pour lui assurer qu'il n'est pas en amour avec Frédérique, c'est donc important pour lui de rectifier les choses... peut-être parce qu'il l'aime, elle ? Un peu, au moins ? Sinon, pourquoi se donner tout ce mal ? Et si c'est ça, pourquoi ne pas le lui dire ? Surtout si Mylène lui a déjà...

Le cœur battant, Florence demande promptement :

— Tu ne m'as toujours pas dit de quoi Mylène t'a parlé.

— Elle m'a téléphoné ce matin… Son appel m'a étonné.

Et elle donc ! Florence va lui faire copier quelques fois la définition du mot « confidence », à celle-là… Quoiqu'elle vient peut-être de l'aider…

— Et… que t'a-t-elle dit exactement ?

Sébastien lui adresse un de ces sourires qui lui donnent chaud.

— D'abord, elle voulait que je promette de ne pas te dire qu'elle m'a appelé.

— Tu es très fiable !

— Je n'ai pas promis ! De toute façon, elle voulait simplement savoir si tu avais raison, pour Frédérique et moi.

— Elle ne t'a vraiment rien dit d'autre ?

— Non. J'ai décidé de venir te voir pour découvrir le reste, justement.

Luc se lève, s'étire, se frotte les reins.

— Ah !

— C'est un sport extrême, le jardinage…, lui lance Jeff, qui, lui, s'étend de tout son long à même la pelouse.

Son père l'y rejoint en s'esclaffant. Assis près de lui, il sourit, le regard fixe, laissant le vent d'automne courir sur son visage.

— À quoi tu penses, pa ?

— Je crois bien que je viens de me souvenir de la dernière fois que ta mère m'a fait rire. Vraiment rire. Ça aurait pu avoir des conséquences dramatiques.

— Raconte ! le presse Jeff, avide d'entendre l'histoire.

Si Luc a relégué ce souvenir dans un coin de sa mémoire jusque-là, ce n'est pas surprenant… Il raconte tout à son fils, surpris de l'acuité avec laquelle les détails refont surface.

Carole et lui revenaient de l'un de ces épuisants – et de plus en plus décourageants – traitements de chimiothérapie. Luc devait transporter sa femme dans ses bras de la voiture à la maison tellement elle était faible. Alors qu'ils se stationnaient dans l'entrée, Carole a posé une main sur la cuisse de son mari en soufflant péniblement :

« Attends, pour me descendre… Mélanie vient de sortir de sa maison… Je ne veux pas qu'elle me voie sortir dans tes bras… »

Luc n'a pas compris le but de la demande.

« Mais pourquoi ? C'est notre amie, elle nous aide, elle est toujours là pour nous. Elle ne nous portera pas de jugement. Elle va comprendre, en nous voyant, que tu es trop faible pour marcher ! »

« Justement… Elle aurait pitié de moi et… je veux lui éviter ça. »

Luc est resté bouche bée. Tout au long de sa maladie, Carole avait pensé aux autres, avait ménagé son entourage, et elle continuait, même exténuée, alors qu'aligner deux phrases exigeait d'elle un effort surhumain. Comment une personne aussi aimante et généreuse pouvait-elle glisser vers la mort ?

— À cet instant, dit Luc à un Jeff subjugué, j'étais convaincu qu'elle ne pouvait que guérir. Je ne savais pas quoi lui répondre. Je suis sorti de la voiture, je l'ai soulevée, doucement. Elle était si légère, si fragile… Il y avait encore tellement d'amour dans ses yeux… Je ne trouvais désespérément rien, mais rien d'encourageant à lui dire.

Carole a-t-elle entendu, dans le silence de son mari, son cœur qui se brisait pour elle ? Probablement, puisqu'elle a puisé une goutte d'espièglerie au fond de son épuisement pour le faire rire. À coups de petites phrases espacées par de laborieuses inspirations, elle a proposé une solution.

« J'ai une idée… Embrasse-moi… et déshabille-moi en chemin… Mélanie va penser que ça presse… »

Luc sourit à son fils, le doux souvenir luisant dans ses yeux.

— Tu comprends que je n'ai pas pu m'empêcher de rire.

La voix teintée d'émotion, Jeff demande :

— Tu as dit que ça aurait pu être *dramatique*…

— Oui, j'ai tellement ri que j'ai failli l'échapper !

∾

Florence a de plus en plus chaud.

Mylène est décidément championne en mathématiques. Elle sait bien que deux plus deux, ce n'est pas très difficile à additionner. À l'heure qu'il est, Sébastien a sûrement compris que Florence était jalouse…

Pour se donner une contenance, elle passe la main dans ses cheveux pour les ramener en arrière comme lorsqu'ils étaient longs. La crise cardiaque menace quand Sébastien avance la main vers elle et répète le geste, mais plus lentement, glissant ses doigts entre ses mèches, caressant son front au passage. Traversée par le courant d'un bout à l'autre, comme une clôture électrique, le corps en ébullition, Florence doit de nouveau dire adieu aux respirations profondes.

Depuis son entrée dans la cabane, Sébastien a pris de plus en plus de risques, sans toutefois avoir réussi à obtenir le filet protecteur dont il a besoin avant de se lancer.

L'attitude de Florence est difficile à décoder.

Elle a de bonnes raisons d'être sur ses gardes. Un : elle pense que je lui en veux pour Frédérique ; deux : Mylène m'a parlé dans son dos ; et trois : je ne lui dis rien de précis… Aaargh ! Comment être sûr que ce n'est pas à cause de Jeff qu'elle est jalouse ?

Quand Mylène m'a demandé si j'étais impliqué avec
Frédérique, c'était peut-être une façon de savoir si
celle-ci avait plutôt des vues sur Jeff…

Sébastien arrime son regard à celui de
Florence, cherchant à y déchiffrer une réponse…
Quand celle-ci porte son index à sa bouche,
il l'attrape au passage et garde sa main dans la
sienne. Il examine les ongles rongés et murmure :

— C'est à cause de Frédérique, s'ils sont si
courts ?

— Non. De toi.

Trois petits mots. Dits d'une voix minuscule. Qui le font frissonner. Le plus gros risque,
comprend Sébastien, c'est Florence qui vient de
le prendre.

Elle ne le regrettera pas…

— Désolé.

Les yeux toujours rivés à ceux de la jeune
fille, il se met à lui embrasser les doigts un par
un.

Le jugement rationnel de Florence flanche
devant le flot d'énergie qui s'engouffre en elle.
Charges positives et négatives joignent leurs

forces pour battre à ses tempes comme les vagues sur une falaise.

Un jour de grand vent.

Tout s'accélère dans son corps électrisé, tandis qu'extérieurement, c'est la paralysie totale. Elle ne parle ni ne bouge, comme trop accaparée par l'incroyable courant de bonheur qui la traverse.

C'est peut-être un rêve. Elle a dû s'endormir dans la cabane en écoutant sa musique…

— Seb ?

— Hmm ?

Il lève la tête, mais garde la main de Florence dans la sienne. Reprenant tranquillement le contrôle de son corps, l'adolescente se détache du mur et se tourne à demi pour faire face à Sébastien.

— Tu n'es pas amoureux de Frédérique.

— Non. Et toi ?

Elle rit.

— Moi non plus !

Sébastien se lève et franchit pensivement les deux pas qui le séparent de l'entrée de la cabane.

Où va-t-il ? Qu'est-ce qu'il fait ? La main de Florence a froid sans la sienne… À quoi pense-t-il ? Elle est morte de trouille. On n'embrasse pas les doigts de quelqu'un juste parce que les ongles en sont rongés et qu'on en a pitié, hein ?

Elle a peur en silence pendant que Sébastien regarde à l'extérieur de la cabane un moment, avant de se retourner. Il semble sérieux quand il reformule :

— Je veux dire… et *toi*, tu n'es pas amoureuse de Jeff ?

— Jeff ?

Elle se lève et se rapproche de lui. C'est difficile : elle a les jambes en coton.

À son tour d'avoir l'avantage de la conversation !

— Pourquoi ? Ça te dérangerait ?

— À peu près autant que ça te perturbait de me croire avec Frédérique.

— Pourquoi ça t'ennuierait autant ?

— Parce que ça t'ennuyait *autant*, toi ?

Elle était censée avoir le dessus, dans cette conversation ! Va-t-il enfin dire ce qu'elle veut entendre ?

— Réponds donc ! ordonne-t-elle en s'appuyant une épaule contre le mur, comme pour se donner une assurance qu'elle n'est pas sûre de ressentir.

— C'était quoi déjà, la question ? J'ai perdu le fil.

— Comment ça ? Y a quelque chose qui te déconcentre ici ?

— Pas quelque chose… quelqu'un.

Amusée, Florence glousse avant de répéter sa question.

— J'ai dit : pourquoi ça te dérangerait que je sois amoureuse de Jeff ?

— Parce que, Flo, je préférerais que tu sois amoureuse de *moi*…

Sa voix éraillée se casse sur le dernier mot… Chavirée, Florence ne dévisage pas longuement Sébastien, comme dans les films… Non. Elle se jette plutôt à son cou pour l'embrasser.

De toute sa vie, jamais Sébastien ne s'est senti aussi bien qu'à la minute où Florence pose ses lèvres sur les siennes. Il ferme les yeux, caresse ses cheveux…

Enfin! Enfin! pense-t-il avant de sombrer dans une douce inconscience, meublée seulement par l'odeur grisante de Florence.

De longues secondes plus tard, celle-ci repose, heureuse, entre des bras qui n'attendaient qu'elle.

Adossé au mur, Sébastien la serre farouchement contre lui, tel un trésor qu'on a mis du temps à dénicher, qu'on veut protéger… Florence, lovée contre sa poitrine, se laisse bercer par les battements de son cœur qui s'espacent peu à peu, au même rythme que les siens.

— Je suis désolé, murmure soudain Sébastien à son oreille.

— De quoi? Tu n'embrasses pas si mal!

Il rit et la regarde, tout en la tenant par la taille.

— Je suis sérieux. Je veux parler de la méprise avec Frédérique, à cause de tout le temps que j'ai effectivement passé avec elle. Nous…

— N'y pense plus. Moi, je ne suis pas désolée que tu aies cru que Jeff et moi…

Il fronce les sourcils. Florence se moque :

— En fait, je me suis servie de Jeff pour te rendre jaloux, le jour du baptême. Comme ça, ça a marché ?

Sébastien se revoit, penaud, le fameux dimanche où il les a vus partir ensemble.

— Tu devrais l'être, désolée. Je faisais vraiment pitié !

Le rire quitte la voix de Florence :

— Je le suis, pour Jeff. J'ai un peu honte de l'avoir utilisé ainsi.

— Il a quand même aimé son après-midi.

— N'empêche. Il faudra que je me fasse pardonner.

— J'ai une idée pour y parvenir, mais, en attendant, occupe-toi plutôt de moi !

Quelques minutes plus tard, Florence et Sébastien sortent du boisé main dans la main.

— On va surprendre Jeff ? propose Florence. Je te parie qu'on le trouve devant la maison, à jardiner avec son père !

— Jeff ? *Jardiner* ? Avec son père ? répète Sébastien, surpris. Tu me niaises ?

— Non… Je t'expliquerai.

Ils longent la maison en silence. Jeff entre peu à peu dans leur champ de vision. Couché sur le dos dans le gazon, il a les yeux fermés.

— Quel paresseux ! crie Florence qui court vers lui en remorquant Sébastien. La plate-bande est finie ?

Ils se plantent à côté de lui, main dans la main.

— Salut ! dit-il en s'assoyant.

Il cligne des paupières, le temps de s'habituer à la lumière, puis voit *vraiment* ses amis. Il promène son index de l'un à l'autre en bafouillant :

— V… vous… vous deux ? Je commençais à me demander quand vous alliez sortir du bois ! Je comprends, maintenant ! Vous avez fait *quoi*, au juste, dans la cabane ? Ce n'est pas inclus dans la vocation de l'établissement, ça !

Pendant que, assis dans l'herbe avec Jeff, Sébastien lui résume les derniers événements, Florence réfléchit, étendue à son tour sur le sol. Elle écoute la conversation d'une oreille distraite… Maintenant que sa vie amoureuse s'est réglée de belle façon, les propos surpris plus tôt dans la semaine ont désormais de l'espace dans sa tête pour valser allègrement.

« J'ai engagé un détective privé pour retrouver la trace de son père… »

Florence essaie de remettre les agissements de sa mère en perspective, à la lumière de ce qu'elle sait maintenant. Mélanie cherchait des indices dans sa vieille boîte, et un détective dans le bottin. Grrr… La jeune fille s'en veut de ne pas avoir épié la conversation plus longtemps ! Sa mère avait le ton d'une femme qui veut ménager son interlocuteur… Florence a déduit que les recherches n'avaient pas abouti, mais peut-être, en fait, Mélanie était-elle sur une piste… Elle aime Vincent, veut le protéger, mais Jeff l'a vu enlacée avec…

Électrifiée par l'idée fulgurante qui vient de lui traverser l'esprit, Florence s'assoit d'un bond.

— Tu t'es fait piquer ou quoi ? s'enquiert Jeff.

— Hein ? Euh… oui, je pense…

Elle se frotte le cou pour donner le change et reste assise près des gars, comme si elle les écoutait, mais se trouvant pourtant à cent mille lieues de là... Elle rattrape vite le fil de ses spéculations :

« Il me semble qu'il avait un nom composé, comme Jean-Luc ou Jean-Marc... »

— Flo ? Tu es sûre que ça va ?

Elle dévisage Jeff sans répondre, occupée à évaluer la situation. Elle leur en parle ou pas ?

— C'est vrai que tu n'as pas l'air bien..., fait remarquer Sébastien. Tu es blanche comme un drap !

Florence décide de se jeter à l'eau ; de toute façon, pour faire changement, elle a besoin de conseils...

— Hier, j'ai entendu ma mère dire à Vincent qu'elle avait demandé à un détective de retrouver mon père.

— Hein ? Un *détective* ? Un *vrai* ?

— Non. Inspecteur Gadget. Qu'est-ce que tu penses ?

— Ton *père* ? Pourquoi ? Et il l'a trouvé ?

— Calmez-vous, les gars..., soupire la jeune fille. Je n'en sais rien, mais je vous explique.

Après leur avoir rapporté ce qu'elle a entendu et les recoupements qu'elle a faits, Florence ajoute :

— Je réfléchissais à la fois où, Jeff, tu as vu ton père et ma mère ensemble, enlacés, et où tu as dit que lui avait l'air de la réconforter, elle.

— Ouais…, dit-il d'une voix traînante. Et après ?

— Peut-être qu'elle venait de lui parler de son idée de retrouver mon père et qu'il la conseillait… C'est dans les jours suivants qu'elle a contacté son détective, si je me fie au moment où je l'ai surprise avec le bottin téléphonique.

— Ou peut-être bien que ça n'avait pas de lien avec ça du tout, coupe Sébastien. Mais mon petit doigt me dit que tu veux en venir plus loin que ça…

Triturant un brin d'herbe après l'autre, Jeff fronce les sourcils :

— Comme où ?

Florence les regarde tous les deux en silence avant de déverser sur ses amis le fruit de ses déductions.

— Ben, ton père s'appelle Luc, vous êtes venus habiter ici quand j'avais neuf ans, donc dix ans après ma conception, et ma mère a dit qu'il est très probable qu'elle ne reconnaîtrait pas son ex après toutes ces années. As-tu déjà vu des photos de ton père dans la jeune vingtaine ? Il avait une barbe, une moustache, les cheveux longs ? Peut-être que lui, il a reconnu sa petite amie de l'époque en arrivant ici, mais il n'en a pas parlé, par délicatesse. Puis, quand ma mère se met à lui parler de ma naissance et de son ex qu'elle recherche, il comprend tout et la serre entre ses bras, mais toujours sans rien lui dire, car avec le décès récent de sa femme, ça ne serait vraiment pas le bon moment et…

Elle arrête de parler devant l'air médusé de ses amis.

— Vous capotez comme moi, hein ?

— Moi, commence posément Sébastien, je capote surtout devant ton extrême capacité à échafauder des théories boiteuses.

— Et moi, ajoute Jeff, je capoterais de t'avoir comme demi-sœur. Mais je pense que c'est très peu probable…

— Mais c'est *possible*, non ? Vous n'êtes pas capables d'additionner deux plus deux et de vous mettre les yeux en face des trous !

— C'est toi, Flo, qui tortures les morceaux du casse-tête pour qu'ils s'ajustent de force, lui dit doucement son nouvel amoureux. *Deux plus deux…* Pfff… Ne le prends pas mal, mais avoue que ton historique joue contre toi…

— Ce n'est pas parce que j'avais tort pour toi et Frédérique que là, je n'ai pas raison, maintient-elle obstinément.

Un lourd silence plane sur eux quelques minutes.

— C'est peut-être possible, débute Jeff d'une voix conciliante. Il faut dire que mon père *avait* les cheveux plus longs et qu'ils sont devenus gris tout d'un coup… Je te souhaiterais bien d'avoir trouvé ton père, Flo.

— Ne te sens pas obligé de m'appuyer, soupire-t-elle. Moi, au fond, ça m'importe peu de le retrouver ou non. C'est seulement que ça semble si important pour ma mère… Je ne sais pas pourquoi, d'ailleurs…

Son regard inquiet se perd dans le vide. Sébastien lui prend la main en guise de soutien et reste muet, ne sachant quoi lui dire pour la réconforter, se demandant sérieusement si elle ne pourrait pas avoir raison, pour une fois…

Le bruit de la voiture de Mélanie qui arrive chez elle, à quelques mètres d'eux, les tire de leurs réflexions avec un sursaut. Jeff tourne la tête vers le véhicule qui se stationne, puis vers Florence, et murmure :

— Il n'y a qu'une seule façon pour toi d'en avoir le cœur net.

Sébastien lâche la main de la jeune fille et la caresse dans le dos, incitatif.

— Jeff a raison. Vas-y.

CHAPITRE 13

Mélanie ne se sent absolument pas la force de converser. Dans l'état où elle se trouve, elle aurait souhaité rentrer incognito. Cramponnée au volant de sa voiture immobile, elle jette un coup d'œil à tout son petit monde réuni sur la pelouse des voisins.

Elle retire lentement sa clé du démarreur et reste encore à l'abri dans l'habitacle, à se demander si elle pourra se sauver dans la maison sans avoir à dire un mot…

C'est peine perdue. Sa fille l'a vue arriver et se détache du groupe pour venir la rejoindre. Mélanie soupire et ouvre la portière. Elle se compose une expression joyeuse, camouflant derrière un sourire feint la détresse qui l'envahit. Alors qu'elle marche d'un pas incertain vers la maison, le vent frais envoie valser ses cheveux dans tous les sens. Parfait pour quelqu'un qui veut cacher son visage… Inconsciemment, elle serre son sac à main contre elle, bouclier supplémentaire pour contenir les émotions qui l'attaquent de l'intérieur.

De prime abord, Florence ne remarque pas le désarroi de sa mère. Elle entre à sa suite dans la cuisine et s'assoit sans rien dire sur un des tabourets du comptoir. Histoire de ne pas rentrer immédiatement dans le vif du sujet, elle annonce, pendant que Mélanie range son manteau :

— J'ai une super nouvelle…

Mélanie réussit à donner le change les premières minutes de la discussion. Quand Florence, qui vient de lui apprendre qu'elle sort avec Sébastien, affiche un sourire immense, la femme commence à flancher. Sa fille arbore un air heureux qu'elle ne lui a pas vu depuis des lunes. Elle aurait tellement voulu, *elle*, être la cause d'un autre grand bonheur. Mais aujourd'hui, elle comprend avec rage que ses efforts n'ont mené strictement à rien, que ça n'arrivera pas. Pourquoi rien ne va comme elle le voudrait ? La colère fait grimper son rythme cardiaque. Mélanie n'arrive plus à suivre la conversation. Derrière ses pupilles fuyantes, elle se revoit chez le détective, recevant la nouvelle, accusant le coup fatal comme la victime sans défense d'un gladiateur impitoyable.

Le cœur de Mélanie bat maintenant à tout rompre. Le sang afflue à ses tempes en grosses vagues qui viennent frapper les parois de son crâne. Pour échapper à cette marée houleuse, elle ferme les yeux et se rend à peine compte qu'elle vacille, que Florence est accourue pour la soutenir. C'est à son contact qu'elle se calme et lève lentement les paupières… pour croiser le regard inquiet de sa fille.

— Là, ça suffit, maman ! Vas-tu enfin me dire ce que tu as ? Tu es malade ?

En prononçant ces mots, Florence reçoit un choc : et si sa mère était *réellement* malade ? Gravement. Et si c'était pour ça qu'elle veut retrouver son père ?

Florence commence à avoir des sueurs froides.

— Apporte-moi seulement un verre d'eau, tu veux ? demande Mélanie. Allons nous asseoir dehors, sur la terrasse. Au soleil, à l'abri du vent, nous serons bien… J'ai des choses à te dire…

Ne sachant comment expliquer qu'elle a une petite longueur d'avance sur les confidences que sa mère compte lui faire, Florence décide de se taire et prend place sur une chaise au coussin garni de motifs colorés. La pensée que la maladie guette peut-être sa mère lui comprime la gorge et contribue à couper court à toutes ses questions.

Alors qu'elle a tout déballé en vrac à Vincent, Mélanie choisit ses mots pour épargner un choc à sa fille.

— D'abord, chérie, rassure-toi, je ne suis pas malade.

Mélanie voit la couleur revenir sur le visage de sa fille, assise en face d'elle.

— Ouf! laisse échapper Florence en s'appuyant contre le haut dossier de la chaise.

— Mais laisse-moi te poser une question, poursuit Mélanie. Tu avais peur à la pensée que je sois malade?

— Bien sûr; j'ai eu peur pour toi.

— Et pour *toi*?

Et nous y voilà…, se dit Florence qui, si elle croit comprendre, feint néanmoins le contraire:

— Hein?

Mélanie soupire et, les yeux mouillés, explique d'une voix mal assurée :

— Tout a commencé avec le décès de Carole. Je me suis dit que si tu te retrouvais dans le même cas que Jeff, tu serais orpheline pour de bon, toi.

Florence s'avance sur le bout de sa chaise et accroche son regard à celui de sa mère.

— Mais, maman… tu sais bien que j'ai grand-papa…

— Qui ne sera pas éternel…

— Je suis presque une adulte déjà ! Je peux m'occuper de moi-même ! Et puis, j'ai Vincent, aussi. À moins que tu aies planifié que vous mourrez ensemble, ajoute-t-elle, ironique.

— Mais tu n'arrêtes pas de me dire que tu ne veux pas te confier à lui !

— Ça dépend pour quoi…

Florence peut voir danser les points d'interrogation dans les yeux de Mélanie. Elle sourit en poursuivant :

— C'est juste que, ces derniers temps, je ne savais pas vers qui me tourner pour le genre de conseils dont j'avais besoin…

— Moi, je te voyais déprimer et je me suis dit que ça ne pourrait que t'aider d'avoir… d'avoir ton père dans ta vie…

Le vent, qui agite au loin les feuilles des arbres, meuble un long silence, finalement rompu par Mélanie :

— Florence ? Chérie ? À quoi tu penses ? Je croyais que tu serais surprise, mais tu as plutôt l'air… mêlée, et même exaspérée…

Florence retourne au fond de sa chaise. Regarder passer quelques nuages l'aide à chercher quoi dire pour s'en sortir. C'est finalement peu inspirant. Elle bafouille :

— Je… euh…

— Ne t'emballe pas, je n'ai pas réussi à retrouver la trace de ton père…

— J'ai l'air emballée, tu trouves ? demande Florence en désignant son propre visage.

Elle retient sur le dessus de sa tête des mèches de cheveux poussées par le vent. Le bras ainsi levé, elle plante un regard franc dans celui de sa mère et explique, d'une voix mature, réfléchie et déterminée qui la surprend elle-même :

— Je peux comprendre pourquoi tu crois que ça m'emballerait. J'avoue que jusqu'à il n'y a pas si longtemps, j'ai rêvé qu'un homme sonne à notre porte, que ce serait lui, mon père, venu nous retrouver. Je me faisais de petits scénarios… Je me rends compte que ça fait un bout que j'ai arrêté d'y penser…

— Pourquoi ? demande Mélanie, avide de savoir.

Florence hausse les épaules. Elle cherche la meilleure réponse à l'intérieur d'elle-même, dans ses sentiments, dans ce qu'elle est, dans ce qu'elle possède.

— Parce que je n'en ai pas *besoin*. Je voulais une famille. Une vraie. Et je l'ai, avec Vincent et Joanie, avec grand-papa qui passe nous voir entre deux voyages, avec Jeff, la porte à côté, avec des amies sincères, avec Sébastien…

— Es-tu sûre ? Tu dis ça maintenant parce que je te prends par surprise, parce que tu n'as pas pris le temps de…

Florence se rapproche de sa mère à qui elle prend les mains et murmure :

— Non, maman… J'ai eu tout le temps d'y penser, en fait. Je vous ai entendus en parler, Vincent et toi…

Florence avoue tout, pour mieux convaincre sa mère de sa sincérité, pour qu'elle soit persuadée qu'elle a eu le temps d'envisager la disponibilité d'un père. Elle se lève, marche sur le patio, gesticule. Ses cheveux volent en tous sens et l'empêchent de voir les larmes perler dans les yeux de Mélanie. Elle poursuit sur sa lancée :

— Tu penses que je me serais davantage livrée à lui, à ce père inconnu arrivé de nulle part ? Je ne t'ai même pas confié à *toi*, ce qui me chicotait… Je ne vois vraiment pas ce que l'avoir dans ma vie me donnerait de plus, même si tu n'étais plus là…

Mélanie se lève, rejoint sa fille le long de la rampe. Elle cligne des paupières et s'éclaircit la gorge avant d'ajouter d'une voix assurée :

— J'ai peur que si je meurs, tu aies du mal à poursuivre sans l'amour inconditionnel d'un parent.

Florence ouvre la bouche pour protester, mais une autre voix s'élève, venant de la cour, et la devance, surprenant la mère et la fille. C'est Jeff, debout au pied de l'escalier de la terrasse.

— Oh, Mélanie… Elle l'aurait quand même avec elle. Pour toujours. Ici.

Il a croisé ses mains contre sa poitrine en parlant.

Mélanie le regarde avant d'éclater en sanglots. Florence se jette dans les bras de sa mère, et prononce en silence à l'intention de Jeff :

— Merci.

— Comme ça, Jeff et toi n'êtes pas frère et sœur ?

Couché sur son lit, Sébastien a appelé Florence pour lui souhaiter bonne nuit, en cette première journée en tant qu'amoureux.

— C'est Jeff qui t'a dit ça ?

— Oui… Je suis reparti chez moi quand tu es entrée rejoindre ta mère. Il m'a raconté tantôt au téléphone qu'il vous a entendues parler malgré lui, en marchant le long de la maison, et qu'il n'a pas résisté à l'envie de mettre son grain de sel, même s'il avait peur de vous déranger.

— C'était tout à fait ce dont j'avais besoin ! Il a fini de convaincre ma mère que retrouver mon père n'est réellement pas une nécessité. Il est resté un moment… et quand j'ai dit à ma mère que Jeff l'avait vue avec Luc, elle a dit que c'était après qu'elle lui avait demandé son avis sur le sujet. Il la réconfortait, simplement. Et puis, ce soir, on a beaucoup parlé avec Vincent, on a tout clarifié.

— J'ai bien pensé que vous auriez des mises au point à faire... C'est pour ça que je me suis retenu de t'appeler, mais là je n'en pouvais plus ! Ça a bien été ?

— Oui... Ils ont bien ri de moi avec ma théorie de Luc... et aussi quand je leur ai dit que toi également, tu me trouvais championne en inventions en tous genres...

— Bon... Maintenant que tout est tiré au clair, j'aimerais bien qu'on fasse nos devoirs chez moi, lundi soir, pour se voir un peu. Seuls.

Il se couche sur son lit et attend la réponse de Florence, le regard fixé au plafond.

— Ça serait parfait, acquiesce-t-elle, parce que lundi, je n'ai pas de math, donc pas beaucoup de devoirs en perspective !

Sur un ton plus sérieux, elle continue :

— Je dois t'avouer que j'avais pensé descendre du bus avec toi, lundi, mais je me sens un peu coupable de laisser Jeff tout seul derrière. Je ne t'en ai pas beaucoup parlé, mais cet après-midi, il était plutôt mal en point quand je l'ai vu, à la cabane. L'anniversaire de Carole lui est rentré dedans… Va-t-il mieux ?

— Quand je l'ai appelé, tantôt, il n'a pas abordé le sujet et j'ai respecté son silence. On a juste parlé de toi !

— Oh, oh ! Et vous avez discuté de quoi, dans mon dos ?

— Il a dit qu'il est super content qu'on sorte ensemble.

— Et moi aussi, je suis contente ! Je souhaite ça à tout le monde !

— Ça tombe bien que tu dises ça, parce que j'ai une idée à ce propos.

— Je ne comprends pas. Une idée pour tout le monde ? C'est quoi ?

Au rythme rapide et pressant de sa voix, Sébastien imagine sa blonde, debout dans sa chambre, l'esprit en alerte.

— Ce n'est pas urgent. Je t'en parlerai quand on sera seuls.

— Pourquoi pas maintenant ?

— Pour te laisser le temps d'inventer une ou deux histoires là-dessus ! Bonne nuit !

Le lundi, en arrivant chez Sébastien, Florence dépose son sac d'école près de la porte en soupirant :

— Enfin ! Juste tous les deux !

Leurs baisers du samedi à la cabane lui semblent bien loin… À l'école, ils ont limité les démonstrations d'affection devant leur entourage, mais là, Florence doit s'avouer qu'il lui tarde de se retrouver tout contre son chum, de l'embrasser, de lui poser la tonne de questions qui se bousculent dans sa tête.

Alors qu'elle est toujours penchée au-dessus de son sac, avant même qu'elle puisse enlever son manteau, Sébastien se met à lui grattouiller la nuque à travers les cheveux. Son cœur cavalcade et elle se retourne, le souffle coupé. Enfin, pas tout à fait : elle arrive quand même à l'embrasser !

Quand il aide ensuite Florence à retirer son manteau, Sébastien avise le porte-clés qu'il lui a donné, dépassant de sa poche. Il le prend et s'exclame :

— Oh *boy* ! Il est magané, le minou ! Il a fait la guerre ou quoi ?

Florence lui a recousu la tête comme elle a pu, mais, malgré ses talents, la tâche était ardue, étant donné l'ampleur des dégâts. En plus, elle n'a pas trouvé de fil de couleur assortie dans la maison. Ça donne un drôle d'effet, une longue cicatrice blanche dans le poil gris.

Admettre à Sébastien qu'elle a arraché la tête du chat dans un accès de colère est hors de question. Du moins pour l'instant. Florence reprend vivement son bien en lui embrassant le museau.

— Il a eu un accident, mais je l'aime pareil !

C'est vrai. Regarder son porte-clés lui rappelle les ravages causés par la jalousie. Plus jamais... Pour éviter que Sébastien continue sur ce sujet, elle s'adresse à la peluche d'une voix enfantine :

— Viens, Minou Gris, je vais te consoler. On va faire nos devoirs ensemble.

Sébastien pouffe de rire et l'enlace.

— C'est bon, je ne me moquerai plus de lui ! Et... tu n'avais pas dit que tu n'aurais pas de devoirs ? Il y a des choses plus importantes qui nous attendent.

— Pour vrai ? Où ça ? Comme quoi ? le presse Florence en agitant le petit chat contre la joue de Sébastien.

— Pour vrai. Au salon. Comme des tas de trucs dont il faut que je te parle.

— Et, j'espère, des trucs pour lesquels on n'a pas besoin de parler ?

Sébastien attire Florence sur un divan. Elle se blottit contre lui, jambes repliées. Il passe un bras derrière elle et respire une bonne bouffée dans ses cheveux.

— Es-tu bien ?

Sans répondre, elle se dégage un peu pour le regarder. Il joue avec quelques mèches folles pendant qu'elle le dévisage.

Sentir Florence contre lui, caresser ses cheveux, contempler de près chaque trait de son visage, tout ça alimente le frisson qui joue à l'alpiniste le long de la colonne vertébrale de Sébastien. Il veut parler, dire à Florence que lui, il est merveilleusement bien, mais tout ce que sa gorge émue laisse échapper, c'est un rauque

« Flo ». Le reste de sa voix est emprisonné dans les cordages du grimpeur…

Florence sourit et l'embrasse longuement. Après une finale sonore sur le bout du nez de Sébastien, elle se couche sur le dos, la tête sur ses cuisses. Elle arbore un sourire satisfait en proclamant :

— Là, je suis bien. Très bien. Tu peux parler !

— Je voulais te faire part de mon idée pour Jeff, commence Sébastien en promenant un index sur les sourcils de Florence.

— Ah… C'est maintenant que je vais savoir l'autre raison que tu avais d'être tracassé, la fois où on a fait une promenade dans le bois !

Sébastien fouille dans sa mémoire. Florence s'était inquiétée de son air soucieux et, même s'il avait avoué s'en faire pour leur ami, elle l'avait accusé de lui cacher quelque chose.

— Oh ça ? Je croyais que tu avais compris !

— Mais ça a bien un rapport avec Jeff ?

Sébastien souriait en coin.

— Tu n'as réellement pas compris ?

— Compris quoi ?

— C'était dans le temps où je m'en faisais parce que j'avais peur que tu aies un œil sur Jeff…

— Oh… Ça n'a pas commencé la fois du baptême ?

— J'avais les yeux ouverts bien avant ça ! avoue Sébastien avant de se glisser près d'elle sur le divan. D'ailleurs, je ne sais pas ce que j'aurais fait si vous aviez remis ça, le coup du baptême…

Florence murmure timidement, les yeux baissés :

— Peut-être que… tu aurais lancé contre le mur un toutou que je t'aurais donné… après lui avoir arraché la tête…

Elle lève les pupilles et croise le regard surpris et vaguement amusé de son amoureux.

— C'est ce qui est arrivé ?

Elle acquiesce, attendant un verdict qui ne tarde pas à tomber.

— C'est pas beau, ça !

— Sébastien ! Arrête ! Tu me chatouilles !

Il s'est jeté sur elle. Ils roulent en bas du divan. Emprisonnée sous lui, Florence essaie aussi de le chatouiller, criant, poussant, piochant. Mais elle rit, surtout, ce qui lui enlève toute énergie…

— Arrête, Seb! Je n'en peux plus!

Il n'écoute pas ses supplications et continue à lui enfoncer les doigts dans les côtes en l'accusant:

— C'est tout ce que tu mérites pour avoir mutilé le toutou que je t'ai donné!

— Mais arrête! Y a pas quelque chose autour qu'on risque de casser?

— Non. Juste tes dents!

Quand il lui répond ça, ils pouffent, ce qui met fin à l'épisode. Leur sérieux repris, ils s'assoient à même le sol et s'adossent au divan.

— Ah! Ça détend, lâcher son fou, soupire Florence. Il me semble que ça ferait du bien à Jeff… C'est quoi ton idée?

— C'est tout simple: j'ai pensé lui trouver une blonde!

— Bonne idée! Super bonne idée, même! Mais qui? Vu que je ne suis plus disponible?

— Frédérique !

— Frédérique ? Avec Jeff ? Tu penses que ça pourrait marcher ?

— Elle ne pense qu'à lui depuis des semaines. J'ai cherché à créer des occasions pour qu'ils se retrouvent ensemble, pour amener Jeff à l'apprécier, mais ça n'est pas toujours facile…

Florence se redresse soudainement. Elle étire le bras pour prendre un coussin sur le divan. Elle le serre contre elle en dévisageant Sébastien, éberluée.

Tout content de l'effet que sa révélation a sur sa blonde, le garçon reste assis à sourire béatement.

— Stop, Seb. Recule. Depuis des *semaines* ? Tout le temps que tu as passé avec elle, c'était pour comploter le *match* avec Jeff ?

— Ben oui.

— Maudit que je suis stupide ! Et toi aussi ! crie-t-elle en lui jetant le coussin à la figure. T'as pas la tête plus solide que mon porte-clés !

Florence se lève et arpente le salon en continuant de se vider le cœur.

— Et quand elle est venue te voir à la boutique pendant qu'on faisait l'inventaire ?

— C'est parce qu'elle était tout énervée que Jeff l'ait appelée pour lui proposer de covoiturer pour le basket…

— Et à la cabane ?

— Un prétexte pour qu'elle passe du temps avec Jeff.

Dans le regard de la jeune fille, Sébastien voit presque défiler ses pensées. Il devine ce qu'elle s'apprête à dire, mais ne lui en laisse pas le temps.

— Écoute, Flo, je m'excuse. Je ne t'ai rien confié à ce moment-là parce que tu venais juste de déclarer que Jeff n'était pas prêt à avoir une blonde. J'ai eu peur que tu m'empêches d'essayer… ou pire, que tu le veuilles pour toi. C'est grâce à Mylène que j'ai osé penser autrement…

Florence arrête de faire les cent pas et semble maintenant figée sur place. Sébastien s'assoit sur le divan, un peu inquiet.

— Viens, Flo.

— Attends…

Les pensées de Florence bouillonnent comme une boisson gazeuse qu'on aurait trop agitée. Comment peut-elle être aussi cruche ?

Elle parle, le souffle court :

— Dis-moi une chose avant… Un soir où vous aviez une pratique, je t'ai vu sortir du gymnase à la course avec Frédérique…

— Après qu'elle est venue à la boutique, une première fois… J'avais deviné qu'elle espérait y trouver Jeff et je voulais lui en parler, sans lui. On s'est sauvés par la porte du stationnement.

Florence s'assoit sur la table basse, juste en face de Sébastien. Plantant son regard dans le sien, elle dit :

— Ne me refais plus jamais ça, Sébastien Choquette. J'ai failli devenir folle. Te rends-tu compte que toutes ces fois-là, je pensais… je pensais…

Elle secoue la tête, incapable de continuer.

Sébastien se revoit, le jour du baptême.

Je ne crois pas que j'aurais apprécié que des scènes du genre se produisent souvent.

Il tend les bras à Florence, contrit.

— Viens donc... Tu vas voir les belles excuses que je vais te faire...

— Je t'avertis, espèce de minou-pas-de-tête, dit-elle en s'installant sur ses genoux, ça risque de m'en prendre beaucoup pour que je te pardonne ! Commence toujours...

Après une petite séance d'excuses, Sébastien prend une mine sérieuse.

— Vendredi, Flo, c'est le party d'Halloween du sport étudiant, au gymnase de l'école.

— Alors, Jeff et Frédérique y seront !

— Oui. Toi et moi aussi.

— Moi ?

— Oui. Tu m'accompagnes. Je suis désolé pour l'invitation de dernière minute, mais mes pensées ont été monopolisées par autre chose, cette semaine...

Florence a repris sa place, sa tête sur les genoux de Sébastien. Étendue sur les coussins moelleux du divan, elle sourit, moqueuse.

— Ah oui ?

— Hmm...

— Tu penses qu'il y a une chance, Seb, que Jeff trouve Frédérique de son goût ?

— Oui, mais j'aimerais que tu lui en parles, justement.

— Parler à Jeff ? Pourquoi moi ?

— J'ai souvent essayé de le faire parler, mais il n'élabore jamais. Disons que ça ne fait pas partie de nos conversations habituelles, les filles.

— Me semble !

— Je te jure.

Florence réfléchit.

— C'est sûr que Frédérique y va, au party ?

— Oui, on est tous les deux dans l'organisation. Elle a super hâte.

— Que va-t-elle porter ?

— Je ne sais pas. Ce n'est pas important.

— Au contraire ! Si elle arrive dans un costume de Frankenstein, bye-bye la séduction. Je vais l'appeler pour savoir !

— Tu pourrais lui suggérer de choisir danseuse de baladi...

— Dans tes rêves, profiteur ! À moins que toi, tu te déguises en cheval avec des œillères.

— Je n'aurai d'yeux que pour toi, promis !

Ce soir-là, Florence s'empresse de fouiller dans la maison pour se dénicher quelque chose à mettre pour le party d'Halloween. Des tresses et une robe rose et hop, elle sera une poupée. Pour elle, ça suffira. Mais elle a convenu avec Frédérique qu'elle irait la voir chez elle pour l'aider à se trouver un costume approprié.

Plus nerveuse que pour une finale de tournoi de basket-ball, Frédérique saute sur Florence dès que celle-ci arrive chez elle, le mercredi soir.

— Tu es un ange de venir à ma rescousse !

— Disons que j'en ai à me faire pardonner…

— Arrête, avec ça ! ordonne Frédérique en entraînant la visiteuse dans sa chambre. Sébastien et toi êtes super de m'aider.

— Au départ, c'est pour Jeff qu'on le fait.

Florence s'assoit spontanément sur le lit et poursuit :

— *Au départ*, j'ai dit, parce que plus je te connais et plus je le fais pour toi aussi. Vous iriez vraiment bien ensemble.

Frédérique sourit largement.

— Florence ?

Debout, elle gesticule, cherchant à exprimer toutes les pensées qui lui occupent l'esprit.

— Je suis contente qu'on soit amies… Contente de pouvoir parler de Jeff avec toi.

Elle s'installe près de Florence pour lui confier :

— Je ne suis pas capable de prendre une décision pour mon costume… Je ne veux pas porter quelque chose de trop voyant… Mais Jeff me fait capoter. J'aimerais tout de même qu'il me *regarde*… J'ai peur qu'il ne veuille rien savoir de moi.

— Il est toujours gentil avec toi, voyons !

— Il est toujours gentil avec tout le monde…

— Pas comme moi…

Le remords est palpable dans la voix de Florence. Frédérique lui donne un léger coup d'épaule.

— Tu as fait une erreur de parcours comme ça nous arrive tous. N'y pense plus. Aide-moi à me faire belle pour le *party* et on sera quittes !

Fébrile, Frédérique ouvre son placard et montre deux déguisements à son amie.

— J'ai une robe médiévale, mais elle est un peu lourde et je trouve que j'ai l'air d'une grosse patate dedans.

— Elle n'est pas assez décolletée de toute façon.

— Florence !

— Soyons réalistes. Un gars, c'est un gars. Même Jeff ne regarde pas que des ballons de basket ! Qu'as-tu d'autre ?

— Ça ! Un costume maison qui date de quelques années.

Il s'agit d'une carte à jouer géante. Frédérique est bien consciente, en la tenant devant elle, que ça ne correspond pas à ce dont elle a besoin.

— Un as de cœur…, murmure Florence. Si au moins ça avait été une *dame* de cœur…

— J'ai peut-être assez de temps pour la transformer en deux de pique.

Le découragement menace de s'emparer de Frédérique.

— Tu as le même sens de l'humour que Jeff, en tout cas ! pouffe Florence. Je peux fouiller dans ton placard ?

— Si tu veux.

Frédérique se couche sur son lit, bras croisés sous la nuque. Elle est reconnaissante à Florence d'être là. Jamais elle n'aurait cru se sentir aussi à l'aise avec elle.

— Flo ? Si ça ne marche pas avec Jeff, j'aurai au moins gagné une amie dans cette histoire-là.

Florence referme la porte de l'armoire.

— Je n'ai pas dit mon dernier mot, chère nouvelle amie. Laisse-moi réfléchir…

Parcourant la chambre de Frédérique des yeux, Florence s'exclame soudain, pointant le doigt vers le mur :

— Et ça, c'est quoi ?

— Un souvenir de New York, de mon parrain.

— Ça se décroche facilement ?

— Oui, pourquoi ?

— C'est ça que tu vas mettre !

— T'es folle ! Je vais flotter dedans…

Frédérique proteste mollement, déjà à demi convaincue.

— Mets une camisole en dessous. Ça, c'est sûr que ça va tomber dans l'œil de Jeff ! Tu laisseras tes cheveux libres, aussi.

— Mais… ça n'ira pas avec le costume ! T'as déjà vu une…

— Chut ! coupe Florence. Tu as raison, mais ta priorité, c'est la séduction. Et tes cheveux en cascade sur tes épaules, ça ne va pas te nuire, crois-moi !

— Et le reste ?

— J'ai de vieux shorts que je vais modifier pour toi…

— Tu n'auras pas le temps !

— Fais-moi confiance. Ça va être le déguisement idéal. Mission accomplie !

CHAPITRE 14

Il n'y a pas que les filles qui jasent costume. Chez Jeff, c'est Sébastien qui met le sujet sur le tapis, avec tout l'entrain d'un boxeur en début de match. Bien qu'assis dans un fauteuil, il sautille sur place en pensée, guilleret, assuré de sa victoire.

Premier round : je m'arrange pour qu'il arrive assez tard, après les filles. Deuxième round : Jeff est estomaqué par l'allure de Frédérique. Enfin, j'espère que Florence va assurer là-dessus. Troisième round : ils se tombent dans les bras. Il y a combien de rounds au juste, dans un match de boxe ?

— Dis, Jeff, demande négligemment Sébastien, t'as pensé à ton costume pour le party de l'école ?

Télécommande à la main, Jeff fait défiler le guide télé à la recherche de quelque chose à regarder.

— Le party d'Halloween? s'enquiert-il distraitement. Je n'ai pas l'intention d'y aller, cette année.

Et paf! Le boxeur en prend une en pleine poire. Et dès le début du combat! Voyant son plan s'effondrer, Sébastien s'avance sur le bout de son siège et bafouille:

— M... mais tantôt, après la pratique, on en a parlé et tu disais...

— Je n'ai justement rien dit, si tu y réfléchis bien.

— Mais Jeff! Tu adores te déguiser! Tu te souviens comme tu passais des heures à lancer des idées de costumes toutes plus saugrenues les unes que les autres, avec ta mère?

Oh merde! Carole. Comment n'y ai-je pas pensé plus tôt?

Sébastien se retranche dans les cordes. Il s'en veut. Il était si obsédé par son plan qu'il n'a pas réfléchi deux secondes à ce que représentait l'Halloween pour Jeff. Lui et sa mère concoctaient presque à chaque année un croquis de costume que la sœur de Carole, couturière, réalisait ensuite, pour le plus grand plaisir de Jeff.

Celui-ci reste silencieux, les yeux fixés sur l'écran du téléviseur où la présentatrice énumère les manchettes du prochain téléjournal :

« Un père de famille perd la vie dans un tragique accident de la route. Inconsolables, sa femme et ses enfants… »

— De quoi ils se plaignent ? grommelle Jeff, comme pour lui-même. Ils n'ont pas pensé que c'est pas mal mieux de mourir sur le coup que de souffrir des mois et des mois, à sentir la vie s'échapper de votre corps ?

K.-O. Au tapis. Les oreilles de Sébastien bourdonnent au rythme du décompte de l'arbitre, qui frappe le sol : 1-2-3… Il s'empare de la télécommande et éteint brusquement le téléviseur. Jeff, qui semble avoir oublié qu'il n'est pas seul, poursuit sur sa lancée.

— *Inconsolables*, ce n'est pas le pire sentiment qu'ils doivent ressentir… Ils sont sans doute plutôt *enragés* après le destin. Et même ça, c'est mieux que d'être fâché après une personne parce qu'on trouve qu'elle ne s'est pas battue assez fort pour rester…

Un vent de tristesse s'abat dans la pièce. Sébastien en a le souffle coupé. Fouetté par les paroles de Jeff qu'il assimile lentement, il secoue la tête. Jamais il ne s'est senti aussi impuissant. Comment consoler son ami ? Jeff souffre visiblement beaucoup. Encore. Sébastien le voit passer les mains dans ses cheveux blonds et s'enfoncer lourdement dans son fauteuil, accablé. Les yeux fermés, il ne dit plus rien.

— Tu... tu en veux à ta mère ? reformule Sébastien, dans un chuchotement à peine audible.

Jeff lui jette un regard perdu, puis paraît se souvenir de sa présence, sans toutefois réagir. Sébastien craint un moment que son ami ne se renferme dans son mutisme. Il l'encourage, d'un geste de la main suppliant, à se confier.

— Parfois, c'est plus fort que moi, laisse échapper Jeff doucement. Mais quand je repense à comment elle était frêle, je comprends qu'à la fin, maman n'avait plus l'énergie de lutter...

Sa voix se brise sur les derniers mots.

Qu'est-ce que je fais ? Qu'est-ce que je fais maintenant ? Pourvu qu'il ne se mette pas à pleurer.

Sébastien, lui, mobilise son corps au complet pour empêcher ses larmes de couler. Sa gorge se serre, son menton tressaille, ses poumons se compriment douloureusement. Il regarde partout dans la pièce ; n'importe où sauf dans les yeux affligés de son ami.

Alors que Sébastien est sûr d'avoir perdu non seulement le round, mais le match au complet, le père de Jeff fait irruption dans la pièce, un grand sac cadeau à la main.

— Je m'excuse, les gars, dit-il, mais tantôt, je vous ai entendus discuter de l'Halloween, en passant. Ça m'a réveillé : je n'avais pas réalisé qu'on était déjà fin octobre… Ça fait dix minutes que je fouille en haut pour trouver ça.

Sébastien sort peu à peu de sa torpeur. Jeff ne dit rien, mais s'est redressé, curieux. Luc continue de parler. Se doute-t-il qu'il arrive au bon moment ou n'est-ce qu'une heureuse coïncidence ? Quoi qu'il en soit, les muscles de Sébastien commencent à se détendre.

— C'est ta tante qui a apporté ça pour toi, Jeff, il y a quelques semaines déjà. Je devais te le remettre un peu plus tôt. Désolé.

Sans cérémonie, Luc dépose le sac sur les genoux de son fils qui lève vers lui un regard confus.

— Ta mère avait confié un dernier projet à sa sœur, explique Luc. Spécialement pour toi. Tu feras comme tu veux, mais, avec ça, tu vas peut-être vouloir changer d'avis, pour la soirée d'Halloween. Carole avait de ces idées de fous, parfois…

Luc quitte le salon en laissant derrière lui le cadeau, et un petit ricanement. Deux éléments qui modifient radicalement l'atmosphère dans la pièce.

Jeff hausse les épaules devant le visage intrigué de Sébastien.

— Tu vas l'ouvrir ou non ? murmure celui-ci.

— Oui, répond Jeff, la voix enrouée par l'émotion. Mais tout seul. Tu en verras le contenu en même temps que les autres, quand je l'aurai sur le dos.

L'air entre à grandes bouffées dans les poumons de Sébastien.

— Alors, tu vas venir ! lance-t-il, immensément soulagé de ne pas rester au tapis à mordre la poussière.

Ouf ! La lueur habituelle s'est rallumée dans les yeux de son ami. Une étincelle de moquerie, un rayon d'optimisme. Jeff, dans un geste théâtral, serre jalousement le cadeau contre lui et soupire :

— Je pense que je crois aux anges. Je pense que maman ne me laissera pas m'apitoyer. Tu veux que je t'avoue, Seb ? Juste avant que papa entre avec ça, je me sentais sonné comme si je venais de manger la raclée de ma vie. Tu sais, un peu comme un boxeur dans le film *Fight Club* ?

Entre le moment où elle a trouvé l'idée de costume parfait pour Frédérique, et celui de son arrivée au party d'Halloween, l'excitation de Florence n'a pas baissé d'un cran. Après une superbe journée passée à avoir hâte, elle a soupé en vitesse pour pouvoir aller rejoindre Sébastien et Frédérique au gymnase. Désireuse d'assister cette dernière dans son opération séduction, elle a proposé ses services, à elle et aux autres membres de l'organisation, pour la préparation de la salle. Ainsi, elle sera aux premières loges pour aider Frédérique le temps venu, et elle sera sûre de ne pas manquer l'expression de Jeff quand il la verra.

Alors qu'elle souffle des ballons avec Sébastien, celui-ci s'informe :

— Tu m'as dit que tu te déguisais en poupée, mais Frédérique, elle ? Tu lui as trouvé un costume ?

— Et comment ! assure Florence, un sourire énigmatique aux lèvres. Jeff va l'adorer !

Une heure plus tard, Sébastien ne peut que constater que Florence n'a pas menti : la Frédérique qui sort de la salle de bain a toutes les chances de plaire à Jeff.

— Bien choisi ! s'écrie-t-il. Tu as raison, Flo, c'est sûr que Jeff va la remarquer là-dedans…

Peu après, les étudiants commencent à remplir la salle, affublés de déguisements en tous genres. Les trois amis se massent à la porte vitrée menant au stationnement pour surveiller l'arrivée de Jeff. La voiture de son père se profile bientôt au bout de l'allée.

— Mais qu'est-ce qu'il porte là ? demande Florence tandis que Jeff essaie de s'extirper du véhicule, ses mouvements entravés par son costume.

— Aucune idée. C'est gros, en tout cas. Et… rose ?

— Rose ou pêche, s'interroge Frédérique à haute voix. On dirait Patrick, l'étoile de mer dans Bob l'éponge…

Quand il réussit enfin à faire passer son enveloppe rembourrée hors de la voiture, Jeff avance en leur adressant un joyeux signe de la main. Plus il s'approche et plus les détails de son accoutrement se révèlent.

— Il a un genre de collerette autour du cou…

— C'est gros, informe et assurément rose pêche.

— Il y a quelque chose d'écrit sur le devant…

Ils parviennent tous à lire en même temps « Whoopee Cushion » et voient le dessin caractéristique sous le lettrage.

— *Oh boy* ! murmure Sébastien.

— Un coussin péteur ! crie Frédérique en se mettant à rire.

Florence chuchote à son ami :

— C'est de son costume à lui que j'aurais dû m'occuper… Qui peut avoir le goût d'embrasser une tête qui sort de ça ?

— Ça va, les amoureux ? lance Jeff en les rejoignant. Je vois que vous aimez mon cadeau !

Il fait un tour sur lui-même.

— Comment ça, ton cadeau ? demande Frédérique.

La voix légèrement altérée, il explique :

— Ma tante a apporté ce déguisement pour moi. Elle est couturière et l'a fabriqué à la demande de ma mère, qui en avait vu un semblable dans une boutique…

Jeff marque une pause. Suspendus à ses lèvres, les autres ne disent rien. Il a du mal à continuer, la gorge visiblement serrée.

— Il y avait même un mot de ma mère dans le paquet…

Des larmes brillent dans ses yeux quand il continue :

— Elle a écrit : « Amuse-toi bien à l'Halloween. Tu ne passeras pas inaperçu avec ça. Je profiterai du spectacle. Fais-moi rire. »

Tout le monde a le même réflexe : étreindre Jeff. Ce qui devient une grosse accolade de groupe.

Ayant fait le plein de réconfort, Jeff se détache de ses amis après de longues secondes. En le détaillant, Florence commente :

— Il est super réussi, ton costume. Ta mère savait sûrement que tu prendrais un malin plaisir à te promener avec ça sur le dos !

Jeff a résolument chassé ses larmes et c'est d'un ton enjoué qu'il complimente son amie :

— Belle perruque, Flo ! Tu ressembles à Fifi Brindacier !

C'est à ce moment-là seulement qu'il remarque ce que porte Frédérique. Un peu gênée après l'accolade à laquelle elle s'est jointe avec spontanéité, elle reste en retrait derrière Florence.

— Wow ! s'exclame Jeff. Chanceuse ! Tu as une camisole des Harlem Globetrotters ! Une vraie !

— Un cadeau qu'on m'a offert, moi aussi !

Heureuse, Florence adresse un clin d'œil discret à Sébastien, puis glisse sa main dans la sienne. Elle a vu juste : Frédérique fait sensation dans la camisole bleu électrique des Harlem Globetrotters. La couleur ravive l'éclat de ses cheveux noirs qui ondulent sur ses épaules.

— Bon! Allons au gymnase, maintenant! s'exclame Florence. À nous la piste de danse!

Une fois à l'intérieur, Frédérique et Sébastien les quittent un moment pour aller régler quelques détails avec d'autres étudiants. Jeff et Florence s'assoient ensemble à une des tables, sur lesquelles sont posés des lampions qui diffusent une lumière tamisée. La jeune fille se creuse la tête pour chercher quoi dire à Jeff.

Il lui faut trouver une façon de savoir s'il aime bien Frédérique! Et vite, avant qu'elle ne revienne. Comment aborder subtilement la question? Finalement, Jeff met lui-même le sujet sur le tapis, ce qui lui facilite la tâche.

— Tu sais, Flo, dit-il d'un air songeur, je te comprends d'avoir cru qu'il y avait quelque chose entre Seb et Frédérique…

Il regarde dans leur direction en continuant:

— Ils sont toujours ensemble…

La vie n'est-elle pas merveilleuse, par moments?

— Dis, mon petit coussin péteur, tu ne serais pas toi-même un peu jaloux?

Florence sourit largement. Jeff bredouille:

— Je… euh… Ben…

De la musique aux oreilles de Florence, ce bafouillage ! Elle dit, sur le même ton qu'elle aurait pris pour commenter la météo :

— Elle est belle, hein, Frédérique, dans son maillot des Globetrotters…

— Ça oui !

Florence pouffe de rire. Impossible d'en douter : le ton plus qu'enthousiaste de Jeff le trahit. Il secoue la tête.

— Flo, tu m'as piégé ! J'étais dans la lune ! Promets de ne rien lui dire !

— Pourquoi pas ?

— Je ne l'intéresse pas ; c'est inutile.

— Je ne promets plus rien, moi, soupire Florence. J'ai déjà juré à une nouvelle amie à moi de ne pas révéler à l'élu de son cœur qu'elle a un œil dessus.

Jeff boit ses paroles tandis qu'elle continue :

— Elle ne veut pas que je lui en parle, à ce beau grand joueur de basket-ball blond, si séduisant dans son costume rose pêche, parce qu'elle a peur de ne pas l'intéresser.

Puis, elle fait mine de se ronger un ongle.

— Ça fait que moi, je ne fais plus de promesse que j'ai du mal à tenir…

La suite de la soirée est un réel bonheur pour Florence et Sébastien. Chaque heure qui passe les amène à constater l'affinité certaine qui se développe entre un certain coussin péteur et une joueuse professionnelle de ballon-panier !

— Tu les as pris en photo pendant qu'ils dansent ? demande Florence à Sébastien, tandis que celui-ci immortalise les dernières minutes de l'événement pour le site Internet de l'école.

— C'est sûr, un collé-collé du genre, c'est rare ! Allons danser aussi, tu veux ?

— Je vais m'en souvenir de celle-là : c'est toi qui me proposes d'aller sur la piste de danse ! On aura tout vu ! C'est ton costume de Zorro qui t'inspire ?

— Non, c'est le *slow* ! C'est tout ce que j'aime danser. Et surtout, je veux voir Jeff et Frédérique quand ils vont s'embrasser !

Mais Sébastien doit ronger son frein. Quand tout le monde est parti et qu'ils se retrouvent en petit groupe pour ranger, aucun baiser n'est venu combler ses espérances.

— Mais qu'est-ce qu'il attend ? chuchote-t-il à Florence en remplissant les poubelles des nappes en papier qu'il chiffonne.

— Sois patient. Regarde le temps que ça t'a pris, toi, à me sauter dessus !

Sébastien glousse.

— Pas pareil ! Eux, au moins, ils savent que leur attirance est mutuelle.

— Relaxe ! Jeff s'exhibe sans réfléchir quand c'est le temps de faire le clown, mais il est plutôt discret pour ses émotions. Ils vont peut-être attendre d'être seuls, une autre fois.

— Mais moi, je veux voir ça ! se lamente Sébastien d'une voix de fausset.

— Voir quoi ? demande Jeff qui arrive justement derrière eux.

— Euh… voir les photos que j'ai prises ce soir, improvise Sébastien. Mais les profs ont pris l'appareil. D'ailleurs, parlant d'eux, on a fini ici ; ils vont faire le reste. On peut s'en aller. J'ai téléphoné à ma mère et elle va tous aller vous reconduire. Où est Frédérique ? Elle peut revenir avec nous.

— Elle est allée se changer dans la salle de bain.

— Oh… Dommage, hein ? murmure Sébastien avec un clin d'œil que Jeff ne relève pas.

— Et toi Jeff, intervient Florence, tu es capable de te sortir de ce coussin ? Ça nous donnerait peut-être une chance !

— Une chance de quoi ?

— Sébastien meurt d'envie d'assister à votre premier baiser, mais, comme j'ai dit quand je t'ai vu arriver au début de la soirée, qui voudrait embrasser une tête qui sort de cet orifice ?

Jeff sourit et nargue son ami.

— Zorro ! Tu n'es qu'un sale petit voyeur ! Tu penses faire la loi ici ?

— Pauvre coussin péteur ! Tu veux t'attaquer à moi, Zorro le magnifique ? D'un seul coup d'épée, je te crève le coussin !

Quand Frédérique revient, en jean et en chemisier, les garçons font semblant de s'affronter en duel.

— J'ai trop chaud pour me battre, dit Jeff en apercevant la jeune fille. Qui veut m'aider à sortir de là ? Il y a des boutons-pression quelque part…

Après un coup de main à Jeff, Florence et Sébastien enlèvent ce qui peut l'être de leur déguisement et s'en vont attendre la mère de ce dernier près de la porte du stationnement. Avisant le costume de Jeff roulé sous son bras, Florence lui murmure, dans la pénombre de l'entrée :

— Je suppose que tu as dû te sentir bien proche de ta mère avec ça, ce soir.

Jeff, songeur, regarde le grand morceau de tissu rembourré avant de répondre :

— C'est sûr… mais pas seulement…

Énigmatique, il ne termine pas sa phrase.

— Pas seulement quoi ? demande Sébastien. Pas seulement proche d'elle ?

— Pas seulement à cause du costume. Depuis qu'elle est… partie, je vous avoue que je lui parle souvent.

Devant leur air surpris à tous les trois, Jeff s'empresse de poursuivre :

— Je veux dire que je m'adresse à elle dans ma tête… Pas qu'on *discute*. Je ne suis pas mûr pour l'aile psychiatrique, rassurez-vous.

Intriguée, Frédérique s'est rapprochée de lui, attentive. Elle relance le sujet.

— Et ce soir, donc, tu te sens proche d'elle parce que vous raffoliez de l'Halloween, tous les deux ?

Dans l'attente de sa réponse, elle le dévisage. Elle craque devant le mélange de vulnérabilité, de détermination et d'humour qu'elle décèle au quotidien dans ses yeux gris.

— Hmm… il y a de ça, mais aussi parce que, ce soir, je me disais qu'elle t'aurait sûrement aimée, Frédérique… Je pense même que…

Surpris, Jeff n'a pas le loisir de partager le fond de sa pensée. Dans un élan spontané, Frédérique s'est hissée sur la pointe des pieds pour l'embrasser, lui coupant ainsi la parole devant le regard amusé des deux autres.

— Wou-hou ! Ça n'arrive pas souvent que tu te fasses couper le sifflet, Jeff ! s'écrie Sébastien quand Frédérique retombe sur ses talons.

— C'est vrai ça ! renchérit Florence. J'adore !

— Et moi donc ! s'écrie Jeff en serrant une Frédérique un peu gênée contre lui.

— Et qu'est-ce que tu disais, déjà, coussin péteur ? le taquine Sébastien.

— Oh… ça n'est plus trop d'actualité, commence Jeff en souriant en coin. J'allais dire que j'ai bien cru que ma mère m'avait parlé, ce soir, depuis le temps que j'attends une réponse… Je pensais l'avoir entendue me suggérer qu'il serait temps… d'embrasser Frédérique ! Puis, je l'aurais fait !

— Désolée de t'avoir gâché ton effet, mais il y a eu comme une force supérieure qui m'a poussée sur toi !

Tous rient de bon cœur. Jeff savoure le moment : il y a longtemps qu'il ne s'est pas senti aussi serein.

— Voilà ma mère, dit Sébastien qui passe la porte avec Florence.

Avant de les suivre, Jeff retient Frédérique contre lui et l'embrasse doucement.

— Une force supérieure, hein ? murmure-t-il.

— Oui ! J'entends des voix aussi. Tu penses qu'on va se faire admettre ensemble à l'asile ?

— Je te suivrais n'importe où !

Le cœur de Jeff cabriole devant le sourire enchanté de Frédérique.

Et, tandis qu'il marche dans l'air vif, son costume sous le bras, la main de sa blonde dans la sienne, Jeff peut presque entendre le rire heureux de sa mère se mêler au vent d'automne.

REMERCIEMENTS

Ces quelques remerciements ont ceci de particulier qu'ils sont adressés en majeure partie à des gens qui ignorent m'avoir aidée… J'espère qu'ils me pardonneront d'avoir utilisé ici et là des bribes de leurs confidences pour étoffer l'histoire de Jeff. Un sincère merci, donc, à Guillaume et à son père, grâce à qui cette histoire a vu le jour. À Annie Caron, à qui je voudrais parfois, comme Florence, pouvoir donner un petit bout de ma mère à moi… À Manon Bouliane, orpheline trop tôt, qui a pourtant su grandir avec une belle sagesse. À Joane Bouchard, pour ses pensées philosophiques sur le sujet, qui m'ont permis de nourrir mes propres réflexions.

Merci à tous, et un petit clin d'œil à vos chers disparus…

Un merci spécial aux deux Robert qui m'ont inspiré le personnage de grand-papa Robert : Robert Soulières et Robert Maltais. Messieurs, avec l'humour et la gentillesse qui vous caractérisent, vous êtes sûrement de merveilleux grands-pères dans la vraie vie !

Impossible de clore ceci sans mentionner les deux talentueuses éditrices qui ont travaillé tour à tour sur ce roman : Marie-Josée Lacharité et Stéphanie Durand. Merci de vous être investies autant. Vous êtes, l'une comme l'autre, d'excellentes motivatrices !

À LIRE ÉGALEMENT :

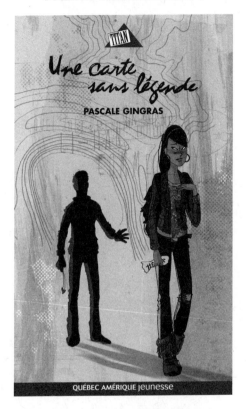

UNE CARTE SANS LÉGENDE

Li Han en a assez d'être surprotégée par sa mère, assez d'être célibataire, de ne pas être celle que l'on remarque. Mais quand la situation se retourne, elle devient le point de mire d'un détraqué… Atteint du syndrome d'Asperger, son ami Dominique saura-t-il la protéger ?

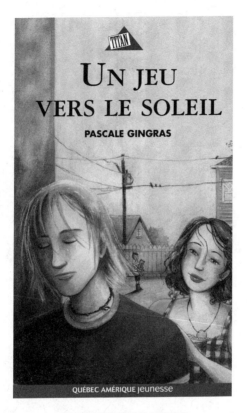

UN JEU VERS LE SOLEIL

Cet été, Véronique travaille loin de chez elle, en Ontario. Mais elle n'est pas sitôt arrivée qu'elle doit affronter une réalité à laquelle on ne l'avait pas préparée... Arrivera-t-elle à sortir le mystérieux Thierry de sa torpeur ?

Photo: © Martine Doyon

PASCALE GINGRAS

Enseignante au primaire près de Québec, Pascale Gingras est l'auteure de *Un jeu vers le soleil* (Palmarès Communication-Jeunesse 2008) et de *Une carte sans légende*, un suspense présentant un personnage atteint d'autisme. Dans *Le Chant des libellules*, le sujet du deuil est omniprésent, sans être lourd, tandis que les personnages drôles et attachants donnent du piquant à cette histoire intrigante. Un roman sur l'espoir et le pouvoir de l'amitié, qu'on quitte le sourire aux lèvres.

Visitez le site de Québec Amérique jeunesse et obtenez gratuitement des fonds d'écran de vos livres préférés !

www.quebec-amerique.com/index-jeunesse.php

Fiches d'exploitation pédagogique

Vous pouvez vous les procurer sur notre site Internet à la section jeunesse / matériel pédagogique.

www.quebec-amerique.com

GARANT DES FORÊTS
INTACTES

L'impression de cet ouvrage a permis de sauvegarder l'équivalent de 8 arbres de 15 à 20 cm de diamètre et de 12 m de hauteur.

RECYCLÉ
Papier
FSC FSC® C100212